生きる力

83歳車いすからのメッセージ

志茂田景樹

books.MdN.co.jp
MdN
エムディエヌコーポレーション

まえがき

夢の中でスタスタ歩いている。

そういう自分を何度も体験しました。

要介護4の車いすユーザー。それが今の、僕の身の上です。

現実の生活でスタスタ歩きたいという願望も少しはあるのだと思います。

でも、今の僕はハンデを背負いながらも、前を向いて生きています。やれると思うことに素直にまっすぐ向かっています。

夢の中でスタスタ歩く僕は、いつも目的を持っており、ワクワクしています。

それは今の自分の現実を反映していることではないのか。僕はそういう夢を見るたびに、もうひとりの自分に確認をとっています。

「それでいいんじゃないの？」

もうひとりの自分は、苦笑いしながらもうなずいてくれます。

2017年春、僕は関節リウマチと診断されました。

それでも痛む脚をほんの少し引きずりながら、膝の腫れや痛みが増してからは、杖を突きながら仕事も遊びもこなしていました。

市販の薬で痛みを抑えて、全国各地で読み聞かせイベントや講演活動も行っていました。離島へも行きました。

2019年春、一週間の予定で西会津の温泉へ症状の改善を目指して赴きました。宿へ到着してすぐのことでした。フロントの床に上がりかけて、後ろへ転倒してしまったのです。

とっさに頭を上げたので頭部の負傷は免れましたが、腰椎を圧迫骨折して関節リウマチの悪化を招きました。

それが車いすユーザーになった経緯ですが、後で振り返ると無茶をした2年間でした。

その反省もあって、車いすユーザーの自分をあっさり受け入れることができました。

今の僕の状態は、体を動かすと激痛が走るので、車いすの車輪を手で回すことはできません。屋内では両足をつかって車いすをそろそろ動かせますが、通院などの外出には介護タクシーと妻などの介助者が必要です。パソコンも一本指でキーをポチポチ叩いています。

それでは仕事になりませんので、音声入力システムを併用し、なんとかしのいでいます。

そのような状態でも原稿執筆や、ＳＮＳへの発信で積極性を失わないのは、僕が書いた作品を読みたいという読者が待っていてくれるからです。

またＴｗｉｔｔｅｒなどで僕のメッセージを心待ちにしてくださるフォロワーの方々がいるからです。

その期待に応えなければなりません。こんな体になってしまって、と嘆くより、その自分を素直に受け入れて新しい自分の世界の出発点にすれば、前を向かざるを得ないではないですか。

この書は、そうして拓きつつある僕の新しい世界を通して何を得ることができたか、何を感じとれたかを折々に吐露しながら、あるときは力強く、あるときは優しく、生きるためのメッセージを肩肘張らずに書くことができたと自負しています。

生きる力
83歳車いすからの
メッセージ

目次

Contents

第2章 自分の人生を自分らしく生きる …79

第3章 あきらめない生き方…123

Content

第4章 生きるための希望

Contents

第5章 前を向いて生きる …217

第1章

人生は今が
いちばん大事なんだ

1 生きる力

深夜、ラジオで聴いた元ヤングケアラーの女性Tさんの話は心に刺さりました。お母さんが亡くなられるまで、9歳のときから66歳になるまで27年間もケアの主役を務めてきたというのです。僕は、拝聴するしかありませんでした。

Tさんは30代後半、9歳のときからお母さんの在宅ケアをしてきました。お母さんは、指定難病の多発性筋炎で動くのもままならない。そのお母さんと、お父さん、お兄さん、Tさんの4人家族です。

お父さん、お兄さんはそれぞれに協力してくれましたが、お母さんの在宅ケアの主役は、まだ小学生のTさんが担わざるを得なかったというのです。

お母さんの病状は安定せず、間質性肺炎を併発しました。入退院も繰り返しました。さすがにこれは大変だな、と僕は思いました。

僕は2017年に77歳で関節リウマチと診断されました。関節リウマチは指定難病ではないのですが、多発性筋炎と同じく関節リウマチもまた難治性の膠原病《こうげん》なのです。

そのお母さんを小中高校生時代にわたってケアし続けたというのですから、頭が下がるどころではありません。要介護4の僕は、ラジオを聴きながら身につまされました。

僕も関節リウマチから間質性肺炎を併発しました。さらに、2019年、関節リウマチを進行させ歩行不能になり、車いすユーザーになっています。

Tさんのお母さんは入退院を繰り返しながら、さらにまた悪性リンパ腫を併発しました。救いだったのは、Tさんの献身的なケアが奏功して悪性リンパ腫は寛解《かんかい》に至ったことです。

しかし、多発性筋炎も間質性肺炎も次第に進行し、ついにお母さんは66歳で帰らぬ人になってしまったのです。

それまでのTさんの献身的なケアとお母さんへの愛情は、どんなにか辛く、かつ尊いものだったかは部外者には想像もできないでしょうね。

ひとつ言えることは、仮にTさんが周りの人に相談したり、愚痴をこぼしたとしても、それを経験したことのない人は、大変ね、とうわべだけの同情で終わってしまうということです。

Tさんは、そんなことを求めてはいません。

ただ、夢に燃えてひたすら努力し楽しんだであろう自分の成長期や、青春の大半を犠牲にして、ケアをしているその自分を理解してほしかったということだと思います。

肉親の在宅ケアというのは人に甘えようがないシビアなもので、自分自身がそのことにどれだけ価値を見出していけるかどうかにかかっています。

僕は車いすユーザーになり、その時点で要介護3の認定をされました。何種類もの介護サービスを受けながら要介護2、要介護1に症状を改善させようと、自分なりの努力をしてきました。

ただ、その間に年齢的な衰えもあったのでしょう。関節リウマチのほうは、こと志と違って進行させてしまい、要介護4の認定を受ける羽目になりました。

間質性肺炎のほうは幸いにもずっと症状が安定していますが、こちらは17歳時に診断された気管支拡張症が増悪（ぞうあく：医学用語で悪化の意味）した症状だった可能性があります。

この病気は風邪などで増悪すると間質性肺炎と症状が大変よく似ています。

こんな僕の状態は、手、腕の多少の痛みは覚悟の上で自力でできることはなんとかやっています。妻の介護と様々な介護サービスを受けながら、1日5時間を上限に原稿の執筆、SNSへの発信などには何の不都合もありません。上限5時間を超えて仕事をしていることも、時々あります。

それにしても、僕は恵まれていると思うのです。どこまで可能かは神のみぞ知るということになるのですが、要介護4を出発階にした僕というエレベーターが、要介護3、2、1と上っていくのを目指しています。

深夜にたまたま聴いたラジオの番組で、Tさんの大変なご苦労を知り、僕は意欲、気力、そして、生きる力をたくましくして、いろんな意味で向上していこう、と自分を励ますことができました。

Tさんのこれからの人生が恵まれたものになることを強く信じながら、自分も作品の創出になおのこと頑張ろう、と思いを新たにすることができました。

ありがとうございました。

2 「つまらない」を口癖にしない

「つまらない」という言葉を使わないようにするだけで人生は変わる。つまらないという言葉が口癖になると、次第にすべてがつまらなくなっていきます。今から、「つまらない」をイメージしない、つぶやかない、と決めましょう。


つまらないって言葉は、本当につまりません。

提出した企画書を上司に、

「つまらないね」

と、言われて突き返されたら、本当につまらなくなって落ち込みます。

でも本当は、「つまらないね」と言った上司が、もっとつまらないと思います。

どんなにつまらない企画書でも、よくよく読んでみれば、この部分はもっと工夫して練り直せばいい提案になるぞ、というところを発見できる。その部分を取り上げて、

「もうちょっと、ここを工夫すれば、光る提案になるぞ」

と、褒めて返せばいいのです。

褒めりゃ部下だって頭脳がフル回転するのに、逆に頭脳を萎縮させせちゃったじゃないですか。上司にとって、損失もいいところです。

つまらないって言葉は、言った人を負の領域に誘うのです。その領域に踏み込むとすべてがつまらなくなる。そして、つまらないが口癖になってしまうのです。

なにかでつまらないと言われても、気にしてはいけません。

きみの意識につまらない虫が棲みつくと、つまらないが口癖になるのです。すると、光ったもの、価値あるものが目に入らなくなります。

あぁつまらないつまらない、何をやってもつまらないという状態になったら、これはもう最悪です。

つまらないと言われたら、自分の好きなことや興味あることに熱中して、あぁ面白い面白いと喜んでお祓いをしましょう。

つまらないと人に言われても、気にしないようにしましょう。

つまらないと人に言わないように、気をつけましょう。

それだけで何ごとにも興味を持てて、面白がられて成長の気流に乗れるようになるのは間違いありません。

3 「いいな」で行こう！

「つまらない」と、つぶやかないほうがいい理由がもう一つ。だんだん、つまらないところしか目に入らなくなると、「いいな」と思うことを見逃してしまうんです。今から、すべて「いいな」でいきましょう。

「つまらない」と、よく口にする人を見ると、本当につまらなそうな顔をしています。これって、よくねーです。

不動産会社に勤めていたときのことですが、つまんねーな、を口癖にする奴がいて、一回だけ一緒に飲みましたが、「つまんねーな」がやったら飛び出しました。芝居の台詞《せりふ》で言えば、台詞と台詞の間にすべて（つまんねーな）が入るようなものです。

お疲れさま、と乾杯したのはいいとして、その後は、つまんねーな、の大洪水になりました。

「今日も勤めは終わったけど、つまんなかったろ？　会社の存在自体が（つまんねーな）なんだよ。だから、なんだ。つまんねーな。だいたい、今どき、大学の応援団のような朝礼をやる会社なんかないぜ。つまんねーな。明日も朝礼かよ。つまんねーな。大勢の前で売り上げ報告かよ。つまんねーな。こうして飲んでるけど、つまんねーな。きみもそうだろ」

つまんねーなら誘うなよ、と僕は言ってやりたくなりましたが、それもつまんねーと、ひとり、もくもくと杯を傾け続けました。

ほら、僕にも伝染しちゃった。今、つまんねーなと言ってしまいましたよ。

つまんねーなは、うつりやすいつぶやきです。そいつは翌日の朝礼で最下位から2番目の売り上げを報告して、

「つまんねーことでした」

と、言いました。

そして、その月のうちに僕に、

「これ以上いてもつまんねーだけだから辞める。ほんと、つまんねー会社だった」

と、言って辞めていきました。

辞めていってよかったですよ。そいつの、つまんねーな、が僕の口癖になったかもしれないし、考えてみれば、つまんねー野郎でした。

という僕もつまんねー人間でしたけどね。なんて今、思い出してひとりつぶやいたほど、つまんねえ時間でした。

ちなみに、そのときの売り上げ最下位は僕でした。

確かに人生の半分、いやそれ以上はつまらないかもしれません。

でも、いいな、嬉しいな、幸せだな、と思えることも多いのですから、それでいいんだと思うことです。

つまんねーな、を口癖にしていると、良いことがすぐそこに見えているのに気づかなくなっちゃうんですよ。だから、つまんねーな、になっちゃうんです。

(つまんねーな)よりも、もっと短く(いいな)を口癖にすればいいだけです。

なんにでも、いいな、でいいと思います。

悪いことがたとえあったとしても、次は、(いいな)で締めくくれば気持ちの切り替えになります。ほんとに、いいな、になると思います。

常に（いいな）を口癖にして生きていけば、やることなすことが（いいな）に近づいていくように思えてきます。

だから、いいな、でいいなでしょうね。

そして、本当のいいなが増えていけば、いいないいな、でいくことができるようになります。

実際にいいなで成長しているのだと思い込みましょう。

だから、「いいなと思うことが増えた」でいいんです。

いいですか、いいなでいけば、いいなです！

4 自分の人生。主役は自分だ

ライバルに後《おく》れをとるだって？ 何を言ってるんだ。きみの人生なんだから、主役はきみなんだ。脇役のライバルは、ただ先に行っているだけ。惑うな主役、じっくり行け。きみが主役の人生なんだから、遠慮は無用だ。

後れをとる、とは大袈裟《おおげさ》じゃないのかな。
きみをよく見ている人が言ってましたよ。
根気よくやっていて誠意がこもっているって。
早く仕上げた人の仕事は、すぐダメになったそうです。

地域のボランティアで施設の庭の花壇の補修をやって、ひとりコツコツ時間をかけていたのを施設長が見ていたそうですよ。
職場でも、同じように丹念にやっているのだろうと思います。

いや、職場でやってるように、ボランティアでもやったってことでしょうか。

きみの人生なんだから、きみが主役です。

後れをとるって、いったい誰と比べているのですか。

きみを追い越していったように見えても、それはその人の人生でのことです。

競馬で言えば、先行馬タイプの人かもしれませんね。持久型ではないので、最初のうちに少し急いで距離をとっておきたかったんじゃないですか。

でもそれは、きみには関係ないでしょう。きみはきみのペースできみのやり方を通せばいいじゃないですか。じっくりとマイペースで、きみのやり方で丁寧さを貫いていくべきです。

今の会社は、特に効率を重視しますね。でも、長い目で見ての効率もあるのですよ。手早くやってもあとになってボロが出るようじゃ、本当の効率は低いってことじゃないですか。

ちゃんと見ている人がいます。今のままのきみを通せば最善ということです。

10年後には、そうだったのか、ときみ自身が必ず納得することでしょう。

5 これからの人生は本物と出会う

今年（2023年）になって初めての外出がなんと昨日でした。そうして介護専門タクシーの窓から、満開の桜を充分堪能しました。その桜に教えられたことがあります。そのことに、今日気づきました。

車いす生活になってからは、3か月に一回の通院、2か月半に1回の美容室通いで、年間の外出数は8、9回のことが多いです。

一昨年、2021年は新型コロナウイルス第5波とぶつかり、通院は一回が電話診療になりました。美容室も延ばし延ばしで、3回のみになりました。

その他の外出は一切していなかったので、外出数は、たった6回ということになります。

デルタ株に感染しないためという理由もありましたが、外出は体力的に消耗しやすく、疲労しやすい。リウマチの痛みも増すことがあるので、症状の悪化を怖れてのことだったのでしょうね。

昨年2022年は、9月にコロナのオミクロン株に感染しましたが、通院4回、美容室3日でした。

美容室は、2か月に1回、つまり、年6回は行きたいものです。

ところで、オミクロン株ですが、初日に39度5分の高熱が出ました。それでもなんとか定期通院とは別の近所のかかりつけのクリニックで処方してもらった解熱剤の服用で、2日目は微熱になり、3日目は平熱に下がりました。

今年、2023年(4月末現在)は通院、美容室各1回の他、地元の市議選で次男が3期目を目指して立候補中でしたので、リフト付きの介護専門タクシーを呼んで妻と期日前投票に行きました。その帰途、駅頭で遊説を行っている次男のもとへ駆けつけて10分あまりだったと思いますが、応援演説を行いました。

余談ですが、定員26人に対し40人が立候補して厳しい戦いを余儀なくされたようですが、当選させていただきました。有権者目線に寄り添い、公約を着実に実現していってほしい、と親としては願うばかりです。

さて、今年はコロナの新たな感染爆発がなければ、1時間程度の昼間の食事会なら出てみようと思っていますので、外出回数は少し増えそうです。

今年の春の前半は寒暖の差が異常に激しかったせいか、関節リウマチの痛みがきつかったです。

僕自身の選択ですが、自然に備わった免疫を強い免疫抑制剤で押し下げる治療法はしていません。自然の免疫を押し下げて免疫細胞が体内の有用物資を体内へ侵入してきた異物と勘違いして攻撃する力を削《そ》ぐ、あるいは弱める。そういった理屈ですが、僕は自然免疫を大切にして、多少の痛みはこらえながら病気と付き合っていこうと思います。

昨年の話に戻りますが、春の通院日が桜の見頃でした。

病院までは介護専門タクシーに乗って10分前後で到着しましたが、その間、窓越しに一瞬ながら3か所で咲き誇る桜に目を釘付けにされました。

1か所は病院前庭の桜で、車いすを押してもらいながら10数秒程度でしたが、枝ぶりまで確認できました。

3か所のどの桜ももの静かで、奥ゆかしく楚々《そそ》としていました。

これが本来の桜なのだ、と僕は感動しました。

健康時の僕は、桜をないがしろにしていたんですね。花見酒を飲むために満開の桜が必要だったのでしょう、大騒ぎしてバカ飲みし他人の乱酔ぶりを見物し、自らも仲間たちと共に泥酔しました。

所用でたまたま桜の堤を通りかかると、桜の花ではなく桜見物の人たちを見物しました。添え物の桜はいつもあざとく咲き誇り、強い風に吹かれると嬌声を上げ吹雪のように花びらを散らしたものです。

それは本物の桜ではありませんでした。本来の花見ではありませんでした。

思えば、車いすユーザーになってから満開の桜を見たのは、昨年が初めてでした。

その桜に教えられた。

これからの人生は本物と出会うものにしよう、と。

遅かりし開眼と気どってみましたが、本物に出会うのに早いも遅いもありません。

出会ったときが出発点です。

6 なくしてはならない2つのもの

人生には、抜き差しならない闇の沼がある。そのなかで、どんな時でもなくしてはならないものが2つある。それをなくさなければ、その沼から抜け出ることができる。その2つとは？

まだその闇の沼を経験していないか……、それとも経験したのかな。経験したならそのときの自分を振り返るつもりでお読みください。

一つは自分です。

抜き差しならないその沼は、きみが自分を見失った段階で、きみをどんどん引きずり込んでいく底なし沼になっていきます。

もう一つは親友です。

底なし沼に、はまる前の親友じゃないですよ。そんな人たちは、みんな離れていくでしょう。

きみが軽く見ていても、なぜかきみから離れないでいて、どういうわけかいつもそこにいて、しかたねえか、ときみがつぶやいた、その人です。そういう人が頼りになる人なのです。

意外や意外なんです。そういう人が、きみが闇のなかにいる時、手を差し伸べて待っていてくれるんですから。

いいですか、しっかり覚えておいてくださいよ。

自分自身と、頼りにする気もなかったパッとしない友です。

この2つを失わないようにしましょう。

この2つがあれば、必ず闇の沼から抜け出られます。

7 想像できないことを経験しよう

何があったか知らないが、起きるときは起きるものです。予想もしなかったことが、自分にね。でも、起きた時点で現実のことなんだから、現実的に処理しましょう。これが、いちばんです。


まさか自分にこんなことが起きるなんて。

そういう経験をした人はいっぱいいます。いや、ほとんどの人が人生の半ばで経験しているかもしれません。

良いことは少ないだろうね。それこそ夢のような出来事だ。

ほとんどが悪いことなんだよ。つまり悪夢のような出来事だ。

そんなときは、気が動転してしまうのではないでしょうか。一瞬動じても、すぐにどうしたらいいかを考えられるでしょうか。

この両者には大きな差が出てくるでしょうね。その差は生まれつきの性格の差もあるでしょうね。でも、経験の差のほうが大きいんですよ。

良いことでも悪いことでもいいんですが、はじめは小さなことに見えた出来事が起きたとしましょう。

迷子になったらしい4つ5つの子を当たり前の親切心で、交番へ連れていきました。予想もしなかったことに、その子は超人気俳優の子供だったので大騒ぎになりました。メディアにいろいろと取材されもみくちゃにされました。迷惑なこともありましたが、そのこと自体は悪いことではありません。

思いがけないことではありましたが、次に想像もしなかったことが身に起きた場合に、うろたえることなく少し落ち着いて対処できるかもしれませんね。

さて、想像もしなかったことで、小さなことながら悪いほうが起きました。深夜の徘徊者に行く手を塞《ふさ》がれたのです。その瞬間は形容しがたい恐怖に襲われましたが、相手が認知症の人だとわかってほっとしました。

こんな些細な事件との遭遇でも次にもっと大きな想像外の出来事が起きたときには、

かなり沈着に対処できると思いますよ。

人生では何が起こるかわからない。だけど、以前に小さな出来事で経験していれば、起こった時点できっとうろたえたり騒いだり、茫然自失となったりせずに、思いのほか落ち着いて対処できるようになります。それは生きていく上でとても大切なことです。

人は柔軟な思考ができる動物です。過去の小さな先例があれば、想像もしなかった大きな出来事に遭遇しても、冷静に的確に対処できる知恵が養われるということです。良いことでも悪いことでも、想像もできなかったことが自分に起きることで、大きな刺激を受けて成長できる。そのことを強く心に刻んでください。

人生では何が起こるかわかりません。しかし、それは人生の醍醐味そのものといって過言ではないでしょう。

さあ、想像もできないことを経験しようではありませんか。

8 素直がいちばん

素直にいこうよ。難しいけれど、少しでも素直に生きようよ。素直は、素直に生きようとする人を応援します。一日のうち一時間でいいから、素直になろう。すべては、それからだよ。

物心ついてこのかた、「素直に生きてこれたのかな」と振り返ってみたら、これまで生きた83年間のうち75年間は素直でなかったかもしれない。
79歳からここまでの4年間は、どうにか素直でやれたかなぁ、という気がしています。

それと生まれてから物心がつくまでの3年間は、とても素直だったと思います。

素直に生きるのは、とてつもなく難しいです。
だからこそ素直が、いちばんなんでしょうね。

今日一日を振り返ってみると、僕は今のこの時間までは、素直でなかったです。
せめて、これから寝るまでの時間は素直に過ごしたいものです。
やっぱり、なんだか弱気なんですよ。
これからは、絶対に素直に生きる、と断言ができません。
それだけ素直は難しいということです。
だから、素直素直素直素直素直……。
素直がいちばんなんです！

9 やってみたいリスト

「いつかやろう」と思ったことを書き出してみたことがあるでしょうか。書き出すとリストのようになるのに一つもやれず、いつか、またやろうのままになったのではないですか。僕もそうでした。書き出したら7つもあったんですよ。

やるときはやる、というハッタリは、ここでは関係ありません。人にはそれぞれ（いつかやろう）と心に秘めたものがあると思います。そのいつかやろうとしているものは、1つ2つではないでしょうね。リストにしたら結構なものになるかもしれません。

83歳の僕は要介護4の車いすユーザーで、日常生活の多くの部分で痛みや辛さに襲われるので、かなりのハンデを負っています。原稿の執筆とSNSへの発信を、上限5時間でどうにかこなしている状態です。その僕がいつかやろうと心に決めていることを書き出してみたら、7つありました。以下はそのリストです。

1. 幼い目が見た戦中戦後の激動に翻弄されながらも素直にしぶとく生き抜いた家族を描いてみたい。
2. 昭和20年8月15日の終戦を知らず、大混乱の旧満州の荒野で満20歳で戦死した兄と、当時5歳だった僕との淡いが、心に濃厚に残った兄弟の交流を描いてみたい。
3. 奔放に空想力を働かした近未来政治社会小説を書いてみたい。
4. 絵本の文を書くようになって60代に入ってから少し絵を描き始めたが、現在は痛みで絵筆を握ることができない。絵筆を握れるほどに症状が改善したら、年に3作ぐらいは描いてみたい。
5. やはり、もしも症状の改善ができたら、そして、自分の力だけで車いすによる外出が可能になったら、都内都下の近場での読み聞かせ活動を再開したい。
6. やはり、もしも症状の改善が可能だったら、という前提になるのですが、豪華客船の旅をして、それを舞台にしたラブロマンス小説を執筆してみたい。
7. 長さは紙の小説で言えば短編が向いている。いつでもどこでも読むことができる。そういう電子小説の利点を生かして、電子小説の一分野を築いてみたい。

これだけあるのです。でも、今のところ、やってみたい、だけに終わっています。7つをすべてやろうと意気込むことには今の僕では無理があります。エッセイなどの依頼原稿の執筆、メディアからのオンライン取材で思いのほかに時間を取られますが、そのうちの2つ3つは何とかできるかな、という自信めいた思いは十分に持っています。

どうか皆さんも、やってみたい事柄のリストを作ってみてください。多くの皆さんは僕より健康と若さに恵まれているはずです。

リストが15、20になっても、本気で取り組めばほとんどのものはやれるのではないですか？

やってみたいことだから、後回しにしないでやってみてはいかがでしょうか。

10 足を引っ張る人

「足を引っ張る人」は、身近にいるものです。きみが信頼していて、頼もしがっている人ほど、もしかしたら陰で足を引っ張っているかもしれません。いざというときほど、きみの足を引っ張ろうとするので、要注意です。

社員50人に満たない会社に就職したことがあります。当時は、別荘地分譲のブームのときで、その専門の広告会社でした。それが結構、当たったんですね。小人数の会社でも営業部内に3課までありました。

第1課はラジオ、テレビが担当で、第2課は新聞雑誌などの紙のメディア担当でした。第3課は別荘地を分譲する地域に限ってのプレスリリースの投げ込みをやっていました。この第3課は、年がら年中全国各地へ出張していましたよ。

1課と2課は激しくしのぎを削っていました。まだネット広告のない時代でした。電波、つまり、ラジオ、テレビと、紙つまり新聞、雑誌の戦いで、上層部も両派に分かれ、社内をほぼ二分していました。

僕は2課に配属されました。課長のMは30代半ば過ぎ。難関大学の出身で大手広告代理店にいたんですが、創業者である社長に引っ張られて入社してきた人です。この会社のなかでは珍しく洗練された人柄で、仕事にも手抜かりが少なかったですね。

1課長のNは50代、新聞の求人広告で応募してきた人でした。風采は上がらなかったのですが、目つきに癖がありました。

僕は会社が入っている貸しビルのエレベーターで、なぜか1課長のNと一緒になることが多かったものです。

Nは僕の顔を見るとニコッと笑い、いつも一言お愛想のような言葉をかけてくれました。2課長のMは部下には厳しく、そのような言葉を発することはまずなかったですね。Mの右腕のような立場の係長のBは、意外に如才なく僕の気を引き立てるようなことを言うことがありました。

ある日、Bは僕を飲みに誘いました。食事をご馳走になった後、カウンターだけのスナックへ連れていってくれました。子供が3人もいて安月給で大変だ、と愚痴をこぼしましたよ。それから、社内の人間のこき下ろしを始めて、そのときは大変雄弁でした。

「Mをどう思う？」

「やり手ですね。いろいろ指導してもらっていますが、厳しいです」

「じゃぁ、内心ではうっとうしく思っているんだ？」

「いや、僕は職を転々としてきた人間ですから、厳しく鍛えられたいと思っているんですよ」

「ふーん、偉いなぁ。ところで、1課の課長はどう？」

「いい人ですね」

僕はやや警戒しながら当たり障りのないよう答えました。

「本当はどっちにつきたい？」

Bはほんの一瞬目を光らせて僕を見つめました。

「厳しくても僕は自分のためにM課長で満足です」

何か剣呑《けんのん》気配を感じたのではっきり言いました。

その後、B係長は話題をどうでもいい世間話に変えました。

彼がトイレに立ったとき、ママが僕の前にきて、
「新入社員の方ですね」と、話しかけてきました。
「Bさん、ここへはよくこられるんですか?」
「そう、時々ね。でも、うちはNさんがいちばん古いの。BさんはNさんに連れられてきたのよ」

ママの話に他課のN課長とこういうスナックへくるBに、少し警戒の心が芽生えたんですね。過去に勤めた会社でもそういうケースがあって、直属の上司を仕事の上で裏切った人がいましたから。

その年の年末に、創業者の社長が脳梗塞で倒れました。専務をやっていた弟がその後を継ぎました。その弟とそりの合わない役員を兼ねていた営業部長が退職しました。そして年が明けてまもなく、M課長は会社と某新聞社の広告部とのトラブルの責任を取らされて退職しました。

2課長にはBが昇進しました。Bに足を引っ張られたな、と僕は直感しましたね。その新聞社とのトラブルは、本来直接担当者Bの責任だったからです。Bはトラブルになるように持っていって直属の上司に責任をかぶせたのではないか。

1課長のNは役員になり営業部長を兼ねることになりました。

僕は春になって退職しました。別に社内の争いとは関係なく、そろそろ飽きてきたからでした。

これは僕の持病のようなもので、飽きるともういられなくなるのです。

サラリーマンには最も向いていない性格ですが、サラリーマンを転々としていたので苦い人生勉強にはなりましたね。

それはともかく、その会社はそれから2年を経ずしてパンクしました。別荘地分譲のブームも下火に向かい、社内に争いがある小さな会社は持たなかったに違いありません。

11

やるっきゃないんだ人生は

やるっきゃないんだ人生は。一世一代のつもりでケツをまくれ。これこそ生涯の念願ということに当たれ。自分は、これで限界なんだと自分で決めてはいけません。本当は、それからが始まりなんですよ。


生まれてきたら後戻りできないだろ。

人生だってそうだ。後戻りはできないんだよ。

反省してやり直すのは大いによしだ。

ただ、その分、人生の時間を使いますよ。

30歳の頃、人事興信録の取材と販売をやったことがあります。

いろんな人間の大きな転機を知ることになりました。ある山深い町のNという町長さんがこんな話をしてくれました。

「今でもこの地域は旧弊なことが幅をきかせています。この町に限っても江戸時代から続くいわゆる名家が四家あって、町長も助役も収入役もその四家の話し合いで決まる。歴代の町長は常にその四家の当主か、そのロボットだったんです」

N町長は東京の大学に進学し、卒業後は自動車販売会社に5年勤務しました。たまたま実家へ戻ったときに、町長選が始まるところでした。学生時代、明るい雰囲気で知られた応援部に入部し、選挙で部長に選ばれたことを思い出しました。それで、急きょ、町長選に立候補したんですね。四家の談合で、四家のうちの三家の意を汲んだ前助役の人と、残りの一家の当主である前町長が立候補していました。そこへNさんが割り込んだことになります。

Nさんは両派から圧力をかけられました。親戚を通じて立候補を辞退するよう迫られたんです。しかし、Nさんは負けなかった。それどころか、この町をよくするために自分は捨て石になる、と堂々と宣言、どんな情報でもお寄せください、と町民に訴えました。つまり、ケツをまくったということです。そのNさんのひたむきな情熱に打たれた町民が、続々と四家にとって不利な情報を寄せてくれました。Nさんはその情報のうちで完全に裏が取れるものを遊説で取り上げ、町政の根本的改革を訴えました。日増しにNさんへの声援が大きくなって、Nさんは断然トップで当選を果たしました。

「まだ30代そこそこでしたが、ここで腹をくくんなきゃ自分の人生終わる、という意気込みに素直になれました」

家の事情で見合結婚をして好きな油絵を描くことをやめたS子さんは、3人の子育てをしている最中に短歌を作り始めました。結婚する前に描いた油絵作品を客観的に見直すと、素人の域を出ることはないと思われました。

短歌は多忙な主婦生活を送っていても、寸暇を見つけて作ることができます。そう思ったせいもありますが、新聞の短歌欄に応募してみると、たまに掲載されることがあったんですね。それに力を得てS子さんは、粗末な印刷物ながら同人誌を作り短歌の同人活動を始めました。

「これこそ自分が本当に念願していたことではなかったのか。あまり才能に恵まれていないことは充分自覚しています。でも、念願していたことに当たったという思いがあります」

この言葉を聞いてから40年以上が経過しました。確かにS子さんは目覚ましい活躍にはほど遠かったんですが、ちゃんと念願を貫いて短歌同人誌を主催し、地方短歌界に一石を投じることができました。

いくつかの起業の経験を持つYさんは、行き詰まるたびに、これが自分の限界かと思い知らされました。

これでダメだったら自分の人生はこれで終わる、と悲壮な思いで始めた輸入販売業が思わしく運びませんでした。斬新なデザインや色使いのタイツ、ソックスの販売でしたが、もはやお手上げかと覚悟しました。

夜の街の通りがかりの屋台で一杯やっているときに、隣り合わせた人から、

「お疲れのようですな」

と、話しかけられました。問わず語りにYさんは自分の窮状を訴えていました。

「売り込む方向性が間違っていますよ」

その人は言いました。

Yさんはアカ抜けた今風の店をターゲットに売り込みを行っていましたが、そういうところはとっくにいいセンスのものをそろえています。しょぼくれたパッとしない店をターゲットに絞るとよいのではないか。そういうアドバイスだったんですね。

「あなたは限界に立ってはいないですよ。始めていないだけだ」

厳しいことも言われました。

Ｙさんはその人に指摘されたように、しょぼくれてセンスが古い店にターゲットを絞って売り込むようになりました。すると、よく売れだしたのです。後にお得意になってくれた店の経営者が、

「うちにこういうものを売り込みにきた人はいなかったんです」

と、渡りに船で仕入れたことを打ち明けてくれたそうです。


さぁ、やるっきゃないんだ人生は。

自分で限界だなんて思うなよ。

限界になることを始めていないだけなんだから。

いいか、いつも始まりなんだぞ。


それを忘れず人生を謳歌しようぜ。

12 自分に勝つ最善のコツ

ライバルに差をつけられたとしても、焦って自滅してはダメだ。人生レースで負けるのは、自滅した時だけです。いっときの大差は長いレースでは、ほんの1ミリ程度だ。そういうときこそ、マイペースで行こう。

7、8年前に、大学の後輩Tから聞いた話です。Tは、とても優秀で、みんなが知っている有名企業に勤めています。

同期にFという人物がいました。Fも優秀で、将来は会社を背負って立つだろう、と上層部からも期待をかけられていたそうです。

あるとき、その会社は工場を買収して南米に初進出しました。そのとき、Tは工場への出向を命じられましたが、直前になって思いがけない災難が降りかかりました。なんと交通事故に遭い、全治2週間という診断を受けてしまったのです。

そこで、急遽、南米出向の白羽の矢が立てられたのがFでした。

しばらくして傷が癒えたTは、復帰して着実に実績を積み上げていきました。やがて最年少の課長に出世を果たしました。その半年後のこと、Fが南米の工場から本社に戻ってきました。役職は部次長。Tより1ランク上だったそうです。Fが南米で目覚ましい実績を上げていることは知っていましたが、Tは、こういうかたちで差をつけられるとは、思っていなかったようですね。少なからずショックを受けたTは、しばらく腐っていたらしいんです。サラリーマンなら、よくあることです。

その間も新しい事業のプロジェクトチーム入りしたFは、そこでも実績を上げ、今度は部長職になった。

そんなときにTにヘッドハンティングの話が持ち上がりました。外資系の新しい会社ですが、将来性は充分にあるとTは踏みました。さっそく妻に相談したところ、こう言って説得されたとのことでした。

「今の会社では、まだ、あなたらしさが出せていない。もっと自分らしさを出せれば、きっと認められるわ」

その一言で、Tは気持ちを切り替えることができたと言います。

それからは、Tの長所でもある我慢強さを発揮して、コツコツと会社を支えることに喜びを見出せるようになりました。

その後、Tの会社は低迷期に入り、南米からも撤退することになります。時期を同じくして、Fは会社を去ります。なんとか低迷期を乗り越えた会社でTは役員になり、その後、専務にまで昇進したのでした。

Tはそれまでの歩みを振り返ってこう言いました。

「実績のみを追求すると空中戦になってしまう。空中戦になれば必ず墜落する者が出る。地に足をつけて着実に進んでいけばいいだけのこと。亀の歩みがいちばん確実なんです」

出世争いに加わると空中戦になる。空中戦を避けて地に足をつけて亀の歩みを続ける。それがサラリーマンとして生きていく最善のコツなのかもしれません。

13 こういう人には要注意

きみのことをよく知っているという人間は、良くも悪くも要注意だ。重要な局面で、きみの足を引っ張ることもあるからなんだ。職を転々としたなかで、僕なりに身につけた処世術があります。

教育図書の出版社にいた頃の話です。社員数は30人余り。編集部と営業部が二本柱で、社員数が少ないから、こういう職場は、割と早く人間関係が透けて見える。それでも出版業界が元気な時代だったから、業績はよかった。「結構、優秀な人材も集まっているな」というのが、勤め始めてすぐの僕の印象でした。

編集長のKは30代半ばで、大手の出版社を辞めて入社していた。創業社長のスカウトらしかった。

営業部長のRは40歳で、こちらは大手のチェーン書店を辞めて、この会社に入ってきていた。営業部次長のGは40歳半ば。こちらは、生え抜きの社員だった。

僕が入社して1か月が経った頃だったと思います。退勤して駅に向かっていると、僕を追い抜きざまGが声をかけてきました。

「一杯、付き合わないか？」

別に急いで帰る理由もなかったので、僕はGについていきました。品の良い居酒屋で、Gはよく喋ったものです。彼が話すセールスのコツについては、耳を傾ける価値がありました。シリーズ本などを企業団体などに売り込むのですが、Gのアドバイスには、生え抜きとして叩き上げてきた人特有の実感がこもっていました。

それから話の内容は、会社幹部の人物評価になりました。まだ会社に慣れていない僕に、会社の内情を教えてあげようという意図があったのかもしれません。Gは、上司のRさんを褒めちぎりました。

「Rさんは、それほど遠くない将来に会社を背負って立つよ。言っちゃなんだが、掃き溜めに舞い降りた鶴だよ、彼は。きみも目をかけてもらっておいたほうがいい」

そんなふうにまくし立てるGに、僕は黙ってうなずくだけでした。

話は変わりますが、僕より1か月ほど早く入社したNという社員がいました。そのNと二人で飲む機会がありました。会話は次第にNの愚痴を僕が聞き役になるというスタイルになりました。Nは、結婚してまだ1年ほどだったのですが、自分の妻について不安を抱いていました。どうも妻の様子がおかしい、と。

Nは R さんに声をかけられて、妻と一緒にRの自宅を訪れたことがあったそうですが、間もなくして、妻の様子がおかしくなった。R家訪問以来、妻がRと二人で逢っている気配がある。そんな話でした。

N自身も途中で喋りたくなくなったのか口をつぐみ、重い雰囲気がしばらく流れました。

社内で異変が起きたのは、そのNとの会話から2か月ほど経った頃でした。師走の忙しい時期だったのですが、そんなときに社長が脳梗塞で倒れました。出社できなくなった社長に代わって、お飾りに近い専務取締役を務めていた社長の奥さんが、社長代理を務めるようになりました。

それに加えて、ついにRさんとNの妻が不倫関係にあることが明るみに出ました。

社長の奥さんである社長代理は、ヒステリックにRさんを責めたてました。そしてRさんは間もなく退職し、営業部長にはGが昇格しました。そして、なぜかNが係長に抜擢されて、僕の直属の上司になったのでした。

Nは、Rさんと自分の妻との関係をGに相談していたらしいのです。Gは、Rさんが私的な飲食費を接待費に回しているなどの事実を知っていました。そして、ここぞとばかりに、Rさんの足を引っ張って、社長代理に密告したらしいのです。

その話を知って、僕は、年末に退職届けを出しました。

職を転々としたなかで、僕なりに身につけた処世術があります。その一つに、上司や、ライバルを褒めちぎる人には、要注意というのがあります。

足を引っ張る人間というのは、きみのすぐそばにもいるかもしれない。そういう人間は、きみを支えているようなふりを平気で何年も続けることができるのです。きみのことをよく知っている。こういう人には、普段から気をつけておいたほうがいいですね。

14

自分のアンテナを大事にする

すべてに優秀を目指すのではなく、興味のないことには興味を示さず、好きなことには、異常なほど興味を示す。そんなふうに、流れに身を任せるほうが自然な生き方になる。

僕は、子供の頃から落ち着きがない、と周りからよく言われました。

自分自身では「そうかなぁ?」と思いながらも、「周りにいる人が言うのだから、そうなのだろう。まぁ、いいか」と納得していました。

興味がないことというのは、嫌々やったところで、理解もあまりできなかった。だから、そういうときは、ソワソワするし、傍から見ても落ち着きがない子供だったんだろうと思います。

小学校に入ってまず嫌になったのは、算数と体育でした。僕は、どうしても数字が好きになれなかった。子供ながらに、なんだか無機質で、漢字やひらがなみたいに雰囲気がない気がしました。

簡単な掛け算、割り算、簡単な分数の数式くらいまではついていけたのですが、いつからか算数の授業中は、窓から見える富士山や、奥多摩の山々に目をやっていることが多くなりました。あるいは教科書の内側にマンガ本を隠し置いて読んだりしていました。

中学に入っても数学は苦手でした。それでも、都立の進学校に入るために必死に勉強しました。必死に勉強したのだけど、受験のためだけだったからか、すべて忘れてしまいました。要するに頭の中に置いておきたくなかったのかもしれません。それでも、社会に出てから、お金の管理で苦労するということもありませんでした。

今は要介護4の身の上です。自分で財布を持ってお金を使うということは、ほとんどなくなりましたが、財布を持っていた頃は、その中身をいつも把握していました。財布の小銭を入れる部分に今、10円玉が何枚、5円玉が何枚、1円玉が何枚、と正確に記憶していたのです。だから、コンビニエンスストアなどで買い物をして端数が出ると、すぐに小銭を出すことができます。小銭入れが小銭でバンバンに膨らむことが嫌だったのですね。

8円という端数なら、5円玉が3枚あるから1枚使う、1円玉が9枚あるから3枚使う、とすぐに算段できました。そうして財布の残りは、何万何千何百何十何円と正確に把握できていたのです。

つまり、小学校低学年の算数の力があれば、数字を扱う研究家でもない限り人生はやっていけるということなんです。

それでも、そうしたことに無頓着な妻は、よく5円玉や、1円玉を溜めては財布を膨らませて持て余していましたが（笑）。

僕は体格的な成長については、かなり奥手でした。そのかわり大学3年まで伸び続けて178センチになりました。ただ、運動音痴なのはずうっと変わりませんでした。小学校の徒競走などは断トツでビリでした。運動会では、父兄の皆さんもかわいそうと思うのでしょう、僕が彼らの目の前を走ると声援や拍手が起こったものです。

大人になっても運動音痴は変わりませんでした。ウォーキング以外の運動は、ほぼ何もしてきませんでした。それでも、ちゃんと社会で生き続けてこれた、というのが正直な感想です。

子供のときから空想好きな子供でした。空想が始まると、食事の時間も忘れました。母の「ご飯よ」と言う声で、何度、空想世界から引き戻されたことかしれません。たいした空想ではありませんでした。三日月に腰かけて、金星と地球を見ながら富士山の話をしたりとか、月の砂漠で迷って、黄金バットに助けを求めてみたりとか。でも、それがものを書く道へとつながったのだと思います。ものを書くことで生活していけるようになるまで、ずいぶん時間がかかったけど。

でも、これが自分にとって最終的にたどり着くべき世界だったとしたら、そこにたどり着けたことに感謝しています。

僕が子供の頃に周りから言われたように、落ち着きがないとか、協調性に欠けるとか、確かにそういう評価をされる人はいつの時代でもいるんじゃないですか。ただ、それは視点をどこにおくかの問題で、逆に、あの人は熱中したときの集中力は凄い。本気になったときのリーダーシップは群を抜いている、という評価にもなるのだろうと思うんです。

だから、そういうタイプの人は、自分に適した世界に道を求めていけばいいんですよ。

総花的な優等生よりも、視点を変えれば群を抜いているという偏った人のほうが、実は人類に貢献していることが多いと僕は思っています。

自分を出していきましょう。そのために、自分のアンテナを持ちましょう。

そのほうが、絶対に良い結果につながると思います。

15 自分を売るな

自分を売るな。それは自分を否定し、悪魔に魂を売り渡すことに等しい。それで得た名誉、地位、財産は泡沫のように虚しい。自分を売ったら、自分の人生ではなくなるのだ。

自分を売るという行為は、どういうことでしょうか。それは、売名などという、生易しいことではありません。

社会に出てすぐに起業し、幸い順風満帆にいった人がいました。ところが、30代に入って間もなく絶望的な挫折を味わったのです。その原因が信用していた人間による裏切りだったので、金銭以上に心に深い傷を負ったと言います。そのときは、自殺という言葉も選択肢の一つとして浮上しました。

それでも彼は、苦しみもがき葛藤して、ようやく再起の気持ちが芽生え始めました。起業したときの初心に帰り、ゼロからの再スタートを切ることができたのです。今は、だれもが知っている実業家として名を知られるようになり、成功を収めています。
これならあっぱれです。挫折こそが得難い体験になって、若くして成功したときを超える再起を果たすことになったのです。

そうではなく、挫折によって、人格が一変して再スタートを切る場合もあります。挫折したときの経験を踏まえて、「これからは目的を果たすためには何でもやる。裏切りもするし不正も行う」。そういう暗い野望の塊と化して再起を図る人もいます。そういう人は、それまでの自分を否定し、自分という存在と魂を悪魔に売り渡したに等しいのです。

以前の自分ではなく、悪魔に売り渡した自分が野望をたぎらせ、他人を犠牲にして、のし上がっていこうとしているのです。

これが、自分を売ったということです。その人生は、どんなに富と名声を得ようと虚しいものになるはずです。そして、その末路にあるのは孤独です。

どんなことがあっても、自分を売らなければ必ず再起できます。

自分を売るな。売ったらそれで終わりだ。

16 今が最高だ。今が大事だ

今の自分をダメだと思うな。今を生きているんだから、今の自分がいちばんなんだ。すべては今から始まるんだから、今の自分を信じろ。今を大切にすることで、過去は未来に貢献してくれるものなんだ。

今の自分を大切にできているか。
あなたが16歳でも、76歳でも、それには歳は関係ない。
今の自分を大切にしているかしていないかに、年齢は何の関係もありません。

過去を大切にするのもいいでしょう。素敵な過去は、宝物のように大事にしまっておこう。取り出したいときは自分で取り出して、楽しくて幸せだったそのときの思い出のなかに入ればいいじゃないですか。
たとえ嫌な過去でも、捨てないでしまっておくことです。今を生きていれば、嫌な過去にも学ぶことが生まれ、今を充実させることだって大いにあり得るでしょう。

充実させるということは、未来に対して、いい感じでつながるということではないですか。

素晴らしい過去も嫌な過去も、そんなふうに扱ってみれば、今の自分に大いに役立つはずです。


過去は、引きずるだけでは意味がありません。あのときにああすればよかった、なんてことは思わないほうがいいでしょうね。そう思ったら、思っただけで負けですよ。それはそうでしょう。過去は、修正ができないんだから。

ああすればよかった、なんて思うだけで、自分の命をつまらなく消耗させていることに気づきましょう。どうにもならないことを悔やむなんて、いい加減やめようじゃないですか。

今なんだよ。今の自分が何を考えて、どうするかに尽きるんです。

今は未来のために使うものです。

そのために過去を役立たせるのです。

どんな過去も、ないがしろにしてはいけません。

未来を考えるときに、それはとても役立ってくれますよ。


今を大切にすることで、これからの自分がいい感じで芽生えてきます。

今をとても大事にして肯定的に生きるのなら、過去は良い未来に押し出すために役に立ってくれるでしょう。とても貢献してくれますよ。

今83歳の僕は、お陰様で素晴らしい過去も楽しい過去も、おぞましい過去も嫌な過去もたくさんとってあるんです。

健康に大きなハンデを持っているけれど、ハンデがあって自由に行動ができない分、それを補ってあまりあることを、多彩多様な過去から教えられています。そして、ハンデを負う以前より、未来に期待、希望を膨らませることができていると断言できます。

今が最高だ、今が大事だ。

それさえ理解できれば、人生はいつも活き活きしてくるものなんです。

みんな、今だぞ。

17 一打逆転のチャンス

人生には、一打逆転のチャンスがありそうで実はない。努力の蓄積がないと、一打逆転にはつながらない。ヘマな人生を生きてきた僕が、このことにやっと気づきました。

大学を卒後後、僕は職を転々としてきた。そんななかで、「ここで清水の舞台から飛び降りた気になりゃ、一打逆転かなぁ」と思うことが、何度かありました。

一度目は、家庭教師のアルバイトをしていたときのことです。当時、消費者金融をチェーン展開していた社長の娘さんの家庭教師をしていたのですが、その娘さんに凄く気に入られました。といっても、小学高学年ですから、艶っぽい話ではありません。ただその子は、相当にエキセントリックな性格で、私がくるまで、一か月と勤まった家庭教師はいなかったらしいのです。

雇い主の社長から、「あんたと娘は本当に相性がいい」と褒められました。

実は、相性がいいというより、ただ遊び相手になっていただけでした。勉強が本当に嫌いな子だったので、勉強を教えるより、その子とアヤトリをしている時間のほうが長かったのです。

「今の倍の報酬を出すから、フル勤務にならないか?」

そういってその社長が提示してきた額は、当時、一流会社の社員給与の倍額はありました。それまでは、吹きだまりのような零細企業の勤務が多かったんです。給料にしても、相場の3分の2足らずのところばかりだったので心が動きました。

でもその社長が、毎日、幹部社員を自宅に呼びつけては締めあげているのを僕は知っていました。家庭教師中も、暴力団そこのけの怒声罵声が響いて、僕がいる娘さんの部屋まで、がんがん聞こえてくる。悩みに悩んだ末、断ることにしました。

すると、その社長から素っ気なく、「今日限りで辞めろ」と言われ、僕は、一瞬で首になったのでした。

そのとき僕は、「一打逆転のチャンスだったのに、三球三振だったかなあ」と後悔したものです。ところが、それから2か月した頃、その社長が脱税か何かの容疑で逮捕されたニュースが流れました。

一打逆転のチャンスというのは、やはりリスクが伴うことが多いように思います。逆に、三球三振で正解だったということもあり得るわけです。

もう一つ、僕の実体験を話します。

僕が29歳の頃、不摂生が祟《たた》って虫垂炎をこじらせたことがあります。腹膜炎を併発し、何日か死線をさまよったのです。

入院が長引いて、一日のほとんどをベッドで過ごす毎日がしばらく続きました。そうすると、何もすることがないので、過去を振り返る時間が増えました。特になぜか学生時代のことが、よく思い出されました。

そのときに思い出の一つとして浮かんできたのは、大学留年時代に、他大学の留年学生で哲学青年の友人に言われた一言で、それは何気なく書いた僕の文章に対してでした。

「きみ、小説を書けるぞ」

ベッドの上で、そう褒められた一言の記憶がよみがえったのです。

その一言を思い出して、僕は生まれて初めて小説を書き、小説雑誌の新人賞に応募したのです。それが二次予選を通りました。

そのことが僕の小説家人生の始まりと言っていいでしょう。それから直木賞を受賞するまで11年かかりましたが、この初応募は一打逆転を呼び込む貴重な出塁になったのでした。

まぐれの一打逆転はそれきりです。

その後の人生の重しになる一打逆転打は、それまでの蓄積がものをいうのです。

18 今は今で、みんないい

家族の絆というのは、昔と今ではどのように違っているのだろう。今は、僕らの世代が生まれ育って、養った家族の絆とは、明らかに違った絆で結ばれているようには感じます。


今はスマホを介して、外出していてもお風呂を適温の湯で満たし、帰宅してすぐに入浴してサッパリできる。

お母さんは自分の帰宅が遅くなるとき、早めに帰宅する家族のために、お風呂の湯を沸かす心遣いができる。

学校や、仕事から帰った家族が、「お母さんが沸かしておいてくれたのか。ありがたい」

と、その気遣いに心を和ませるでしょうね。

そこでの親子の絆は、ちゃんと成立しているのでしょう。

うーん、でも何かが足りないんだよな、と1940年生まれの僕は、自分の子供時代を振り返って思ってしまいます。

あの時代にあって、今はないものって何だろう？　この答えは、簡単なようで意外と難しいものです。

今は何でもある。では昔はなくて、今はあるものは何か。そんなものは、とめどなくあるでしょう。ただ最も大きく生活を変えたテクノロジーは、インターネットだと言ってしまえば、話はそれで終わってしまいます。

僕が子供の頃のお風呂の話をしてみます。僕は、中学1年生のときから現在地に住んでいるのですが、そのときはまだ水道は完全に引けていなくて、井戸水でした。ですからお風呂を沸かすには、井戸の水を汲み上げて、風呂桶に入れなければならなかった。井戸は屋内の台所にあって、ポンプの柄を上下させて汲み上げるものでした。

土曜日曜は内湯で、他の曜日は銭湯に行くのが我が家の習慣でした。汲み上げるのは父の仕事で、根気強く汲み上げなければならないので疲労もしてくる。すると、僕が交代して汲み上げる。僕は体力的に5分も続かないから、すぐに父に代わってもらうことになる。それでも風呂桶から水があふれるまでには4、5回は父に代わってやったかな。それはそれで楽しかったですね。

父は「母さんには内緒だぞ」と、時折、小遣いを僕の手に握らせてくれました。小柄な体格でしたけど、その手はゴツゴツしていました。

旧国鉄の職員で電気工事畑の人間で、当時は全国各地で新線の建設や、既設線の延伸工事が盛んでしたから、父は、たえず出張していました。

只見川線の工事では、突然、山道に飛びだしてきたツキノワグマを、皮の長靴で蹴飛ばしたこともあったらしいですね。そんな現場なら、手もゴツゴツになることでしょう。その父の手の感触は、今も残っています。

母に内緒で父から貰った小遣いを貯めて、国語辞典を買ったのを覚えています。あの父の荒くゴツゴツして温もった手の感触が、子供心に伝えてきたもの。

うまく言えないけれど、国語辞典を買ったのがそれの答えだったということでしょうか。

83歳になった僕の手は、ぬるっとして柔らかい。

もし孫がいたとしたら、何かの手伝いの際に小遣いを手渡し、

「これで推しのアイドルグループの公演に行きなよ」

と、言ったとすると、孫は、その通りにするでしょうね。

でも、ぬるっとした柔らかい手では、別のことは伝わらないと思うのです。

昔は昔でみんないい、
今は今でみんないい。
昔あって、今はないものの答えは、それでいいか。
変化していく時代を比べても、たいして意味はない。
今をどう生きるかが問題だもの。

第2章

自分の人生を自分らしく生きる

19

人の道は悲しみでできている。だから貴い

悲しみが汚れることは、けしてない。汚れちまった悲しみはただの負の幻想です。悲しみは時が経つほど美しく輝くものです。ただ、悲しみという原石を原石のままにしておいては、まずいんだなぁ。

「汚れつちまつた悲しみに」

と中原中也は謳いあげました。でも、悲しみはけして汚れはしません。

もしも、これを読んでくれている人がまだ中高生でしたら、30、40年も経ったらきっとうなずく、と断言します。

すでに、深い悲しみを抱えているかもしれない。

まだ心をいたぶってやまない悲しみの経験はないかもしれない。

やがては、そういう悲しみに遭うことになるでしょう。

そして、長い歳月が経過して、かつての悲しみが心の宝になって、自分の人生を豊

かに彩っていることに感嘆するに違いありません。

深い悲しみは磨かれて、いつか心の宝になることを約束されているのです。

人生で味わう悲しみは数え切れないでしょう。そのほとんどは、束の間の心を傷めるだけで、感受性の肥やしとして吸収されるはずです。

数えるほどの深い悲しみだけが、心の宝の原石として磨かれていきます。

もしも、いまだに数十年も前の深い悲しみのフラッシュバックに脅えることのある人は、悲しみを原石のまま放置していると思ってほしいのです。

そして、僕の心の宝の一つがまだ原石にすぎなかった頃の話を聞いてほしいのです。

25歳の頃、新宿の朝までやっていた飲み屋さんでたまに飲む友がいました。いつもは鬱屈した表情で言葉が少なかったですね。僕より2つ下でした。

ある夜、彼はいつになく快活でいつになく多弁でした。哲学青年だったから、多弁のときは傾聴すべき言葉の洪水になるのですよ。

哲学にうとい僕は、うんうんとうなずくだけでしたが。

熱を帯びた口調を不意に明るく澄んだものにして、彼はこう言いました。

「人生って道は悲しみでできているんだ」

うん、と僕はうなずきました。

「だから、貴いんだ」

僕は黙っていました。

「なぜ貴いかは自分で考えろよ」

このあと彼はトイレに立ち、戻ってくると席につかないで、

「今日はこれで帰る」

と僕の肩を叩いたんですね。

「じゃあな」

彼は明朗でいてどこかファーンとして、存在感の薄い表情を見せて、僕の視界から消えました。

これを飲みきったら帰るか。僕は水割りのグラスを揺すり、腕時計を見ました。

その直後、

あいつ死ぬ気なんじゃないか、

という想念が脳裏をよぎったのです。

追いかけるか、と腰を浮かしかけたけど、そんなバカなことをする奴か、と打ち消して、飲みきってから店を出ました。

その夜が明けた頃、彼は跨線橋から身を投じて23歳の命を絶ちました。僕の脳裏に無残な轢死体《れきしたい》が浮かび上がりました。

そのことを僕は新聞のベタ記事で知ったのですよ。

もし、あのとき追いかけていれば……。

僕は烈しく自分を責めました。

夜中に身を投じる彼の姿が鮮明にイメージされて、叫ぶことがありました。

数年経ってもフラッシュバックに見舞われ続けました。

だが、あのときの彼の言葉の意味を考えることで、自分を責めることによって増幅された深い悲しみは、徐々に磨かれていきました。


人生の道は悲しみでできている。

だから、貴い。

なぜ貴いかは自分で考えろよ。

人によって答えが違い、そのどれもが正しい、ということを彼は悟っていたのだと思います。

なぜ貴いか。

悲しみがあって喜びは生まれる。人は悲しみを抱えることで、喜びを生み出して生きる。それが僕の答えです。

彼の言葉で、僕は悲しみを怖れなくなりました。

いつかは心の宝になる、と強く信じることができるようになったからです。

悲しみが汚れることはけしてありません。

20

行きたい、聞きたい、生きたい

行きたい。話を聞きたい。生きたい。
生きることの尊さを知るために、行きたいです。
病状が悪化した時期に僕が感じた気持ちです。

行きたいです。
この辛さが消えるのなら。
この苦しさがなくなるのなら。
この世よりもすべてに劣っていても
その世界に行きたいです。

話を聞きたいです。
話を聞きたいです。

こんな辛さが消えたのなら。
こんな苦しさがなくなったのなら。
その世界に行って戻ってきた人に
話を聞きたいです。

生きたいです。
生きたいです。
この辛さが消えなくても。
この苦しさがなくならなくても。
この世界でもう少し頑張って
生きたいです。
生きることの尊さを知るために。
生きることで恵みを戴くために。
強く生きたいです。

２０１７年5月に77歳で関節リウマチを発症しました。最初は膝が腫れて痛むのを我慢しながら、読み聞かせ、講演、テレビ・ラジオの出演などの活動も行っていました。２０１８年に入ると辛さが増して常に杖を使うようになりました。

市販されている鎮痛剤を服用して痛みを抑えていました。２０１９年5月、西会津の温泉に一週間ほど滞在の予定で向かいました。妻も同行してくれました。

宿に着いてフロントの絨毯床に靴を脱いで上がった途端、バランスを崩して真後ろのタイル床に転倒しました。

段差は15センチ近くはあったのではないでしょうか。

頭を守らなくては、と瞬間的に思った僕は首を上へ曲げました。

それで頭を打つことは防げたのですが、左腰を強打しました。

従来の膝の痛みに加え、腰椎を打ったらしく歩行すると激痛が走りました。

それでも妻の介護を受けながら、折角の温泉ですから入浴して2泊しましたよ。

しかし、ベッドから起きられなくなって救急車を呼んで貰い、会津若松市内の総合病院に運ばれました。救急車で搬送されたのは生まれて初めての経験でした。

診断の結果は腰椎圧迫骨折でした。

その日のうちに、東京に戻りました。

コルセットを体に合わせて作って貰い、それを装着して静養した結果、2か月ほどで腰椎圧迫骨折のほうは完治しました。

結果的にですが、関節リウマチは悪化し、要介護3（現在は4）と認定されて車いすのユーザーになりました。

関節リウマチについては関連するテーマの項目でこれからも触れさせていただくと思います。

冒頭から始まる雑な詩のような文章は、おそらく病状の悪化を招いた時期の心境を振り返り文章にしたものでしょう。

21 何となく死を意識したとき

「日本は島国だからなぁ」。終戦の数か月前に、父が新聞を見ながら漏らしたつぶやきが今またよみがえります。僕は当時5歳。それは、何となく死を意識し出したときでした。

僕の3歳から5歳は、昭和18（1943）年から昭和20（1945）年まで。83歳の今振り返っても、この3年間の記憶が喜怒哀楽と共に鮮やかに刻み込まれています。ただ、場面としての断片的な記憶になります。また、その断片も順を追ってのものではないかもしれません。ただし、その断片的記憶はかなりの数にのぼり、ほとんどが鮮烈な絵画のように思い起こすことができるのです。

僕は4歳頃からだと思いますが、父が新聞に見入っているとそばへ行って、「この字、何て読むの？」とか、

「どういう意味なの?」とか訊いて、しばらくまつわりついていたものでした。

無論、見出しに使われた見慣れない漢字に限ってのことで、「玉砕」という二字熟語には強く惹かれたことを覚えています。

父は困ったように、

「みんなが戦ってみんな戦死することだ」

といったように答えましたね。

父がうるさがらずに付き合ってくれたので、僕の漢字熟語の認知力は、幼時としてはかなり図抜けたものだったと思います。もちろん、旧字でソ連はソ聯、満州は滿洲でした。

「日本は島国だからなぁ」

父がこのつぶやきを発して見入っていた新聞を置いたとき、僕はすぐに父のもとへ駆けつけ、その新聞の一面に見入りました。

その頃は超空の要塞と言われたアメリカの戦略大型爆撃機B－29が日本全土の都市を、無差別に焦土に変えていった時期でした。

その焦土となった都市の一つが見出しにあったと思いますが、僕は父にすぐに訊きました。

「島国だから何なの?」

「焼夷弾で体を燃やされないよう避難したいんだが、逃げ場がないんだよ」

父は視線を遠くへやって言いました。

庭に防空壕がありました。防空ずきんをかぶりズック靴を履いて、いつでも防空壕へ逃げ込めるよう縁側に腰掛けていましたが、防空壕へ逃げ込むことはありませんでした。

夜の空中戦は赤い点線が夜空に描かれて美しかったですよ。

きっと、逃げ場がないからいずれは家族一緒に死ぬんだ、と幼い心で思っていたのでしょうね。

満20歳で兵役に取られ旧満州へ出征した兄からは、父母、姉たちへひんぴんと手紙(葉書)が届いていました。

僕宛にはなかったので兄に手紙（葉書）を書きました。その兄から最初にして最後の葉書が届いた頃は、まだ満州は日本にとって桃源郷のようだったと思います。

それからまもなく広島に原爆が投下されて、その数日後、ソ連軍がソ満国境を越えて満州になだれ込んできました。

兄のいる桃源郷は一瞬のうちに内地以上の地獄絵図を見せたのです。

ウクライナの国民が東欧へ何百万人とか避難しても、そこは陸続きですから戦火が収まれば国境を越えて帰還できるでしょう。沖縄戦も島でなかったら子供たちも含めて、あれほどの一般市民が犠牲にならずにすんだかもしれません。

「日本は島国だからなぁ」

というつぶやきが父の肉声となってまたよみがえりました。

戦争はどっちにとってもいいことはありません。

戦争になってしまったら一秒でも早くやめることです。

それが人類の良心です。

22 思い通りにいかないから、人生なんだ

思い通りにいくと思うから、思い通りにいかないのです。

では思い通りにいくようにするためには、どうしたらいいでしょうか。

思い通りにいかないときこそ、心を労《いた》わりましょう。


いつも思い通りにいったら人生にならないでしょうね。

いつも思い通りにいったら達成感はないし、味気ないし、努力、工夫も意味がなくなるでしょう。もちろん、幸せを感じることもなくなります。不幸せを体験しないと、幸せとはどういうことかがいつまで経っても理解できません。

僕は28歳で初めて明確な作家志望を抱きました。いくつかの文芸雑誌や、小説雑誌の新人賞受賞作を読んで、これなら努力すれば僕でも受賞できる、と思いました。

言うまでもないことですが、一発で受賞できると思い上がっていたわけではありません。

浅学非才ですから、血みどろの努力をしなければなりませんが、3年かければ何とかなると思いました。石の上にも三年という箴言《しんげん》が頭のどこかにあったのでしょうね。

翌年、29歳で初めて小説を書いて某小説誌の新人賞に応募しました。それが二次予選を通過しました。

これなら3年でイケる、と自信を持ちました。ところが、二次予選に通過したり、一次予選止まりだったりの一進一退が続きました。応募4年目に、ようやく候補作にノミネートされました。

でも、それからが地獄の道のように辛かったんです。候補作に挙げられる常連になり、有力だという情報も伝わってくるんですが、いつも涙を呑む結果になりました。その僕にとっての道しるべは選考委員の方々の選評でした。

指摘された欠点を素直に受け入れて次回作の参考にし、応募を続けました。どれだけの欠点を修正できたのかはわかりませんが、それがめげずに帆を上げたことになるのでしょう。

応募先を他誌の新人賞に変えて、ようやく受賞できたのは36歳のときで、7年かかりました。

思い通りにいかないのは、心が試行錯誤をしているということです。

いろいろと折りあいをつけてこれで大丈夫となって、初めて思い通りにいくんだもの。焦って腹を立てて心に十字架を負わせたら、いつまでも思い通りにはいかないでしょう。

思い通りにいかないときは心を労わりましょう。

無理しなくていいからじっくりやってよ、と心に舵取りを任せるのです。

腹を立てなきゃ、やがて心は自在に舵を操って思い通りにいく道をちゃんと示してくれます。

腹を立ててもいいことは何もない。

腹を立てれば心も歪んで硬くなる。

いい知恵も工夫も生まれようがない。

なるようになるから、と腹を決めれば心は円満に広がり、思い通りにいくための知恵や、工夫を生み出してくれるはずです。

23 幸せになるために生まれてきたんだ

人って「幸せになれる気」を抱いて生まれてきたんです。どんな境遇に生まれようが、その「気」は思っているより、ずっと強いものなんだ。荒《すさ》んだ環境に翻弄されようが、きみは幸せの気を体内に持っているのです。

そういうことです。

もうきみは立派な大人だと思うから話します。仮に物心ついた頃に、酔うとお父さんが、お母さんやきみに暴力を振るうのが常だったとしましょうか。

こんな親父はいらない、とキッチンから包丁を持ちだし刺そうとしたときに、お父さんは散々暴力を振るい、罵詈雑言《ばりぞうごん》を浴びせかけて疲れたのか、床に体を横たえて高いびきになっていました。お母さんはトイレへ逃げ込んで、泣き声だけが洩れ聞こえていました。

きみの殺意は咄嗟《とっさ》に消えて包丁を戻しにいきました。でも、お父さんへの憎しみが消えたわけではありません。

きみはなぜ刺すのをやめたのでしょうか。

一瞬のうちに理性が戻ったのでしょうか。

本当はきみが体内に持っている幸せの気が働いて、きみを理性的にしたんですよ。

父殺しをやめさせなければ、幸せになれないじゃないですか。

きみの幸せの気の働きが強ければ、将来的にはきみだけではなく、お父さんや、お母さんが体内に持っている弱化していた幸せの気の働きを強くして、家族共々に幸せになることも可能なはずです。

まっ、実際のきみは、倹《つま》しくても円満な家庭に生まれて、お父さんお母さんの愛情をたっぷり受けて育っているのでしょう。

きみが体内にはらんでいる幸せの気は、大変強いものだと思いますよ。

きみの周りに自分の将来を悲観的に見ている人がいたら、この幸せの気のことを話してあげてください。

みんな幸せになるために生まれてきたんですからね。

当たり前に幸せになりましょう。

24 どうしてこうなっちゃったんだろう

「どうしてこうなっちゃったんだろう」。頭が混乱し、心も感情の回路が乱されて途方にくれる。こんなときはどうしますか。

捨てるものは捨て、一つひとつ整理してみようか。


どうしてこうなっちゃったんだろう。

子供のときもあったはずだよ。

簡単な例を挙げてみよう。

自分の部屋は汚れていない。学校へ行った後、お母さんが掃除してくれるからだ。

机の上はほとんど整理されていない。整理すると、そのままにしておいてよ、と子供に怒られるからだ。

ある日曜日、子供は思い立って、自分の持ちものの整理を始めました。

物を突っ込むだけの机の下の引き出し。収納庫内の園児時代のおもちゃ箱。クレヨン画を入れた大型封筒。本箱の最下段はただの物置き場と化していました。お宝があっちこっちから出るわ出るわ。机の引き出しからは丸めた汗まみれのTシャツが出てきました。つがいのメジロの絵柄でお気に入りのものでした。

「まだ見つからないの？」

このTシャツのことで何十回、お母さんを責めたことか。

おもちゃ箱からは、タイへ旅した叔父さんが土産に買ってきてくれたスパイダーマンに似た蜘蛛《くも》男の人形が出てきました。病院の待合室に忘れてあきらめていたやつでした。新品同様で、明らかに忘れてきたものとは違います。

どういうわけなんだ、と解けない謎を解こうとしましたが、そのヒントもなく解きようがありませんでした。

もうやめよう、と思ったのですが……。

懐かしい物が、いろんな思い出をはらんでポロポロ出てきます。

部屋中にそれが散らばって、どうしてこうなっちゃったんだろう、と途方に暮れました。

気を取り直して、いらないものは一か所にまとめておいて、いるものを一つひとつ片づけていきました。

終わったら清々しました。心の中の風通しがよくなっていました。それだけでなく、脳細胞も柔軟になっていました。

今、大人になったきみは、仕事でもプライベートのことでも、常に整理を心がけているようですね。稀に、頭の中が混乱し心が動揺し、どうしてこうなっちゃったんだろう、という状態になってもあわてないでしょう。

捨てるものは捨て、一つひとつ整理していくと、途中でこれが最良のかたちだというものがイメージできるんです。

ものごとは途方に暮れて投げやりにならなければ、逆流させていくことで元のところへ戻る前にいい思案が浮かぶものです。

どうしてこうなっちゃったんだろう。

その後が貴いってことです。

25 人生の極意

劣等感のなかに優越感への抜け穴がある。劣等感を経由した優越感でないと人生では通用しません。

さぁ、その劣等感を、敵を作らない優越感に変えようではありませんか。


きみ、きみ、きみの劣等感は何だい？

数え切れないよ、なんてふてくされるなよ。一つでいいからあげてみてくれ。

そうか、何かを考えてこうしようとやってみると、十中八九は裏目に出るということか。

あまり心配いらないぜ。俺なんかもそうだったんだ。

十中八九じゃない。元は１００中１ぐらいだったものよ。でも、これじゃいけないと思って少しでも確率を高くしようと努めた。

１００中20になり、１００中50になり、１００中60になった。そうなるまで5年はかかったかな。

でも、それ以上確率が上がることはなくなったんだよ。

それでよかったんです。


中学高校を通しての最大の不得意科目を克服するためだったんですが、そのために常にアンチョコを利用していました。

アンチョコって今はあんまり聞かない言葉ですよね。

教科書や参考書と違って、式と答えを丸暗記するための近道を教えてくれる低レベルの本だったと言わざるを得ません。

これを使うと本当の理解力がつかないから、ある程度のところまでいくと理解不能になることが多いんです。

本当の理解力を得るためにはいくら時間をかけたっていい、ということを学んだかもしれません。

それは社会に入ってからが実のところ大変役に立ちましたね。

職場にアンチョコはありません。理解するためにはいくつもの瑕疵《かし》を咎められ、ようやくおぼろげに理解できてきました。それの積み重ねでした。

ところで、きみの場合、どのように裏目に出るんですか？

なにっ、得意先の新規開拓月間というのがあって、同僚にどういうところに目をつければ新規開拓の実績を出せるかと問われ、未開拓の会社を何社かあげてみせたというのですか。

なるほど。

実は別に本命の会社があって、開拓が難しい会社ばかりをあげてみせたということですね。

策を弄して失敗が続く、というのがきみの劣等感になっていたようですね。

本命の会社にあたってみると、すでにその同僚がきていて成約間近の状態になっていた、って。

仕方がないから、開拓が難しい会社にあたってみると、そこもとっくに同僚は唾をつけていたということですか。

同僚はきみがどこまで新規開拓の実を挙げているかを知りたかっただけだ、と思いますよ。

裏をかこうとして逆に裏をかかれましたね。

まっ、策士策に溺れるといったところでしょうか。

裏をかこうとすると本当の実力はなかなか身につかないものなのです。きみの考え方も汚いと思われるようになります。

難しいことを手抜きしないで一から始めたほうが、結局、力がつくはずです。力がつくと姑息な策を巡らすこともなくなるでしょう。

あいつはやれるという良いレッテルを貼られ、信望を集めてきます。

裏をかくのはやめよう。

遠回りを苦にしない。

それが宮仕えの、いや、人生の極意なんじゃないでしょうか。

26

自分を殺さずに生きる

今では高齢者施設に、１００歳超の人が一人二人いても珍しくはなくなりました。21年前に１００歳超でピンピン元気な人を数十人取材したことがあるんです。どなたも、いい感じで我儘《わがまま》に生きている人が多かったですね。

１９９８年時点で、全国で１００歳以上の人が初めて1万人を超えました。ちなみに、２０２１年9月時点での１００歳以上の人は8万６５１０人でした。この間の長寿化がいかに急だったかがわかります。

２００１年、僕はいずれ書くつもりだった高齢者が主人公の小説の取材の一環として、１００歳以上でピンピン元気な人の取材を行いました。全国で１００歳以上の人は、ゆうに1万人を超えていたと思いますが、ピンピン元気な人は大変稀だったですね。

該当者を見つけるのに苦労しました。そのかわりピンピン元気な人は、本当にみんなピンピン元気でした。１０１歳で庭木へ登り、枝打ちをしている男性もいましたし、化粧しドレスアップをしてダンスホールに出かける女性もいました。

取材した人数は30数人だったんですが、元気で長寿を重ねている秘訣のようなものを、それぞれがそれぞれに持っていましたね。

食べたいものは遠慮せずに何でも食べる。それが長寿の秘訣だという人もいましたが、親から腹八分目に食べるよう子供のときにしつけられたことが長寿を招いた、という人もいました。

周りに迷惑をかけてハメを外してきた人もいましたし、ごく真面目に平凡に無理をせず、それを貫いて長寿にこぎ着けたという人もいました。

毎朝、太陽を拝み、生かされていることを感謝し続けてきたことが長寿に幸いした、と思い込んでいる人もいました。

周りに迷惑をかけないよう気をつけながら、気儘にやってきたことが長寿になって報われた、とマジに信じている人もいました。

要するに、これが万人共通の長寿法だと言えるものは、顕著にとらえることはできなかったんです。

ただ、最大公約数的に長寿の根拠を探れば、自分が好きなことは家族に少々迷惑をかけても貫いてきたということでしょうか。言ってみれば、我儘を通してきたということになるんですよ。

ここで浮かび上がるのは、食生活よりもストレスの有無、あるいは解消、未解消の問題ではないでしょうか。

ピンピン元気な長寿者の取材を終えて思ったことは、自分を殺さないことだな、殺さないように努力することだな、ということです。

皆さん、自分を殺してはいけません。それは自分に対する大罪です。

27 騙す奴、騙される奴、騙されてやる奴

騙す奴、騙される奴、騙されてやる奴。いちばん悪いのは誰だろう。騙される人より、騙す人ほうが悪いのは、わかっているけど。騙す奴ほど、騙されやすいって知っていますか？

人を騙す奴というのは、目がキョトキョトとしていて落ち着きがない。それでいて、ときどき眼光が鈍く光る。そんな奴で、眼光炯々《がんこうけいけい》として人の心を見透かすというようなイメージとは、大いに違います。

とても安っぽい目つきでしかなく、じっと見つめると、束の間見返してくるけれど、なお見続けると視線を外す……。

ある職場に少し欲張りな奴がいました。欲張りな奴というのは、人が話していると、どういうわけかいつも割り込んできます。特に何かの儲け話になりそうな匂いがある話だと、ここぞとばかりに割り込むタイミングを計って、目をピカピカさせて入って

くるのです。

Aの妻は、ネットビジネスやっていました。ただ商品を売るだけでなく、知人を自分の子会員にして、その人に商品を多く買わせる。そして、それを自由に売らせるというシステムです。いわゆるネットワークビジネスです。

子会員になっても商品をさばけず、儲かるのは上のステージにいる人たちだけ。要するに下の子会員から搾取するビジネスです。

A夫婦は、Bを誘い会員にしました。Bは、そのときはまだ夢を膨らませていました。送られてきた商品の山をさばけば自分のステージが上がり、自分の子会員たちから利益を吸い上げることができる。

欲の皮を突っ張らせたわけですが、この商法はそんな甘いものではありません。商品の山は一向に減らず、ついにBはAに泣きつきました。売れないで山のようになっている商品の引き取りをAに要求したのです。

当然Aは、それを断ったのでトラブルになりました。そしてBは、その職場から姿を消しました。副業のもつれによるトラブルに困惑した会社は、Bより有能と判断し

Aを残留させたのです。

この話には続きがあります。このAには、Zという上司がいました。Aは、このZにも目をつけ、子会員になるように勧めたのです。Zは「いい副業だねぇ」と嬉しそうに笑いながら、A夫婦の子会員になりました。

しかし、それはAを懐柔するZの企みでした。Zは、Aが担当する会社のライバル会社と通じていました。そして、そのライバル会社が欲しがる情報を取得するために、あえてAの話に乗って会員になったのでした。

Zは、Aを巧みに使い情報収集を行いました。

そして、1年半が過ぎた頃、Zは突然退社してライバル会社に好待遇で迎えられました。自分が騙されていたことを知ったAですが、時すでに遅し、上層部の厳しい査問を受けて懲戒免職になりました。

Zは、会社を裏切っている時期でも、誰にでも愛想がよく、表情も柔和で一般社員に人気がありました。こういう人は、「騙されてやる奴」の典型的なタイプです。

「騙す奴」から「騙される奴」は、欲の裏をかかれてのことがほとんどですが、「騙す奴」から「騙されてやる奴」はそいつの裏の裏をかくのです。

人生でいちばん注意しなければならないのは、実はこの「騙されてやる奴」タイプなのです。人を騙して儲けようとするAのような人間は、もっと悪い奴にとっては、実は最も騙しやすいということなのです。

こうしたA、B、Zというのはどこにでもいるものです。一度よく観察してみたほうがいいでしょう。

28 自分の人生を汚さないために

陰口を叩く人、陰口に乗せられる人、陰口を逆手に利用する人。陰口に関わる人は様々だけど、結局は、みんな損して終わる。人生を陰口の祟りで失わないことだ。

陰口を叩く人は、果たして何か楽しいことがあるのでしょうか。僕には、なんだか暗い楽しみにしか思えません。

陰口には、いくつかの種類がある。やっかみの陰口は、わかりやすい。なにかでいい目を見た人に、「あの人は、こういう汚い手を使った」と、他の人にやっかんで伝えるのです。

これを真に受けた人は、何人もの人にそのことを伝えることになるでしょう。そのなかには、そのいい目を見た人に悪意を持った人もいます。話はどんどん大きくなって、厄介なトラブルに発展することも珍しくありません。そして、だいたいは共倒れに終わるでしょう。

ところが、そのときには最初に陰口を叩いた人は、なぜか無事のままということが多いんですね。やっかみに乗せられてヒートアップしてしまった人たちがなんだか可哀相に見えてくるほどです。

「あの人は、あなたのことをこう言っていますよ」

この囁《ささや》きも最悪です。

陰口を叩かれた側は、陰口を叩いた人を直接追及し、真相をつかもうとします。ところが追及された人は、実は何も言っていないということもあるんです。そこで、追及したほうも気まずい思いをするばかりです。意外と複雑なのが、この陰口の構図なのです。

いずれにしても陰口を叩いて、いいことはありません。そんなことは誰もがわかっています。

それでも、なぜ人は陰口を叩くのか。

陰口は、ねじれた心から生まれます。ねじれた心は、それを利用しようと思う人にとっては利用しやすいんです。陰口好きを利用するもっと悪い奴もたくさんいますからね。

陰口はもう終わりにしたほうがいいでしょう。

自分の人生を汚さないためにも、それで不利益を被る人のためにもです。

陰口に真実は宿りません。

陰口をやめられないのなら、それも仕方がないでしょう。

ただ、最後は自分の陰口に潰される。そのことを覚悟の上にも覚悟しなくてはならない、と思います。

だったらやめる。本当に陰口は、もうやめましょうね。

29

きみが頑張るときがある

みんな頑張っているから、自分も頑張んなきゃ……はいけません。頑張れる奴に任せておきましょう。きみが頑張れるときに、頑張れ。

そのときは頑張れない奴の分まで頑張ればいいんです。


落ち込んでいるとき、頑張れなんて背中を叩かれたら、何もわかってねーだろが、と怒鳴りたくなるのではありませんか。

無理に頑張ったって何にもならないときは、静かにしているのがいちばんです。

頑張っている奴に、任せておきましょうや。


そいつが落ち込んでいて、きみが頑張れるときがくるはずです。

今はそっとしておきましょうよ。

そのときがきたら、そいつの分もきみが頑張ればいいのだから。

そんなもんなのですよ。
みんながみんないつも頑張っていたら気持ち悪いでしょう。
頑張れる奴がそのときは頑張る。
出番じゃないときに頑張っても無意味です。

今の自分は頑張れるのか、
そうではないのか。
それを素直に考えてみましょう。

大事なのは己を知るってことなのですから。
己を遠慮せずに知りましょう。

30 腐るなよ。通るべき道なんだ

やることなすことがうまくいかない日があるでしょう。人によっては、それが何日も続くことも。それでも腐らないことです。それは将来への教えで、きっとやることなすことが、うまくいくようになる前兆のようなものなのです。

やることなすことがうまくいかないときって、僕のこれまでの人生でも何度もありましたよ。

職をさすらうように転々としていたときは、ほとんどなかったんです。やる気も本気も出さなかったせいでしょうね。

ということは、やる気も本気もあるときに、やることなすことがうまくいかないことが起こる、と考えていいでしょう。

転職を繰り返していた時代の後期で保険調査員になって2、3か月経った頃のことです、調査案件を6、7件抱えて福井、富山、石川の北陸3県に旅立ちました。

僕は保険会社の社員調査員ではなく、複数の保険会社と契約して調査を行っている調査会社の調査員でした。なので、時間や費用を充分投入できないという制約があったんですね。

福井駅で下りて、1件目の調査にとりかかりました。被保険者は生保加入後、27日目で病死しています。

保険会社に提出された死亡診断書のコピーを見ると、直腸がん手術の既往歴があって死亡時は肺がんへの転移が見られ、死因は肝臓がんとのことでした。

典型的な進行がんで、保険加入時、病歴を隠していた可能性が高いと思いました。

しかし、高額の生保（生命保険）に加入したため保険会社の社医の診察も受けており、異常なしで診査を通っていました。

兄弟か、知人が替え玉になって審査を受けた可能性が大でした。

オペの執刀医であり、診断書を発行した医師でもある主治医の勤務先の総合病院を訪れましたが、当の主治医は休暇を取っていて不在でした。保険調査員は警戒され嫌がられて面談を断られるケースが多いのでアポなしで行くんですよ。

時計を見るともう午後3時近い。それで、死亡した被保険者宅を訪れることにしました。

かなり辺鄙《へんぴ》な地にあって、被保険者宅のある集落に到着したのは、午後5時近くでした。

まずは聞き込みを行いました。

被保険者宅からやや離れたところに米屋があったんです。丸っこい顔の中年女性に話しかけたんですが、多忙だったようでうるさそうに応対されました。でも、話を打ち切ろうとしたときに、

「奥さんは昨日、里へ帰ったよ」と、一言漏らしてくれました。

里（実家）は愛知県だというじゃないですか。

2件目の聞き込みで、被保険者には2歳違いの農機具販売店勤務の弟がいて、姿格好が兄によく似ているということがわかりました。替え玉で審査を受けた当人かもしれない、と心を弾ませました。

その家を訪れると、奥さんと中学生ぐらいの男の子がいましたが、被保険者の弟は北海道出張中でした。

次に集落の開業医を訪れました。そこの医者は脳梗塞を起こして入院中でした。その妻が、被保険者は消化器系統が弱くて、よく診て貰いにきていたと話してくれました。ここの医者の紹介で前述の総合病院に入院したようです。

日はとっぷりと暮れました。

予約したビジネスホテルを解約して、福井の名湯芦原温泉に泊まることにしました。無論、これは自費ですよ。聴取すべき相手には一人も聴取できなかったんです。その夜はヤケになり、飲んで騒ぎましたが、次の日もその次の日も調査は裏目に出ました。

結局、10泊を費やした北陸3県の旅で、まともに調査できた件数は半分にも満たなかったんですよ。

こういうときは誰にもあるだろうけれど、この約1年後、僕は調査をスムーズに行えるようになりました。

やることなすことがうまくいかないときって、能力や、スキルを高めるためには、逃げずに通るべき道なのだと痛感しました。

第3章

あきらめない生き方

31

最小限の協調性があればいい

協調性を無理に持とうとするな。自分をぶっ壊してしまうぞ。協調性のない自分を活かすには、どうするか、だ。
協調性がないことをマイナスばかりだと考えないほうがいい。

コロナ禍も一息ついて、あちこちのマリーナなんかでイルカの芸が人気のようですね。イルカの知能は高いらしいけれど、類人猿ほどじゃないでしょう。一つの芸をすませると必ずご褒美を貰っています。お目当てはそれだから、今日はお客が多いから気合を入れてやろう、なんては思わないはずです。

腹がくちくなった（お腹がいっぱいになったのに）やつは知らん振りしています。

僕が小学生の頃はね、まだ日本中が貧しくってよくひもじい思いをしました。ある日、近所の農家が僕らのクラスにふかしたサツマイモをたくさん差し入れてくれました。おやつにどうぞってことですね。

一人食べない奴がいました。当たり前です。そいつの家は裕福で、いつも昼食前の休み時間には進駐軍のチョコやクッキーを食べていたんですもの。

誰かが、協調性がないと怒ったけれど、そうじゃないですよね。

食べ物のことですから、自分のものがあったら好きに食べればいいだけのことでした。彼は、食べる必要のないものを無理して食べることはなかったのです。

僕自身のことを言うと、通信簿の通信欄に、授業中不意に奇声を発するとか、みんなと違うことをやっているとか書かれました。

大学は特に理由もないのに2年留年しましたし、社会に出てからは20種以上の職を転々としました。

僕から見るとどこの社員も協調性がないなぁ、と勝手に思ったこともありましたけど。

学生か社会人かは関係ありませんが、協調性という言葉にあまり引きずられることはありません。

協調性がなくても、自分のすべてを殺してまで協調性を持とう、なんて思わなくていいんですよ。社会で生きているんですから、最小限の協調性は持ち合わせているのでそれほど心配いりません。

それでも、協調性がない奴だと言われて気になるのでしたら、もがいて努力して自分の道を見つけてみませんか。

協調性がないということは、裏を返せば自分の信条を頑ななほど大事にする人です。宮仕えの人でも企画会議のような場ではどんどん提案をしていってはどうでしょう。偏った意見だと思われても、それが素晴らしいアイデアを生み出す糸口になるかもしれません。

むしろそういう面で先駆けになるのは協調性のない人間の宿命と義務であるくらいに思ってもいいんじゃないですか。

それを成し遂げれば、協調性のないことは一つの立派な才能です。

32 自分の心を労ろう

心を酷使しちゃダメなんです。特にどうでもいい悩みを心に入れて膨張させないようにしましょう。心を丈夫にすれば、ストレスを溶かして、悩みを防ぐバリヤーが作られます。


心は傷つきやすいんです。

どうでもいい悩みでも、いったん心が感づいたらどうでもよくなくなるのです。心は見過ごせないんですよ。

枯れ葉のカケラのような悩みでも、心はないがしろにできません。

どうしたものか。

戸惑って、迷って袋を作り、そいつを封じ込めようとします。

そいつは脱出路を求めてあっちこっちに突き進んで、心に迷路を作ってしまいます。

こうなるともう枯れ葉のカケラじゃない。

しぶとく膨張しているし、心は深く大きく傷つくでしょう。

そいつを縮小させて、もとの大きさよりもさらにさらに縮小させて、袋が自分の組織の一部として吸収するまでには長い時間がかかります。

心はその間にひどく消耗するんですね。

同じような繰り返しをさせて心を酷使させてはいけません。

絶対に心を酷使させないでください。

心の栄養は感動ですから、常にどんどん感動させることが大事です。

どうすれば感動するかはきみも知っているでしょう。

それが面倒くさいというのだったら心が静かに感動する方法を一つ教えましょう。

人と滅多に会わない自然な場所に連れていってやることです。

都会だってそういう場所はいくらでもみつかります。参詣人の訪れがないやや荒れた神社とか、うち捨てられたような小公園とか。

人声や、人工音や、生活音が、遠い潮騒のように聞こえるような所なら申し分ないです。

心は小鳥のさえずりに自分を弾ませるでしょうね。古池の石組みの小島で甲羅を干す亀に、心は小躍《こおど》りすると思いますよ。
そんなときは下手でもいいから口笛を吹いてやりましょう。
心は自分をよじって笑うはずです
心で溶けたストレスは、バリヤーを作り、悩みをはねつけることになります。

心を労りましょう。
体を丈夫に保つためにも、これは大変重要なことです。

33 「フンフン」と聞いておけばいい

告げ口をする人には3通りあるんです。その人の告げ口がどのタイプか明らかにしておけば、つげ口は怖くも痛くもかゆくもありません。「フンフン」と聞いておけばいいでしょう。

告げ口をする人間の気持ちは、大まかに分けると3通りになります。

1つ目は告げ口という行為自体が好きな人。普通に言えば、困った人の告げ口です。きみにも相手側にも特に悪意は持っていない。ただ、告げ口をしたことによってどんな反応が起こるか、には興味があるので、針小棒大に告げ口をする傾向がありますね。

その人から直接言われない限り信用しないので、とやんわり釘を刺せば告げ口を止められるでしょう。

2つ目は、どちらか一方に悪意を抱いていて、不和の間柄にしようとしての告げ口です。

誤解に基づく場合も多いので、そんなときは、告げ口があったと相手側に話し、誤解を解いておくことです。

3つ目は、きみにも相手側にも悪意を抱いているケースの告げ口で、これがいちばん始末が悪いんですよ。

相手側に直接確かめることが必要ですけれど、喧嘩腰で乗り込めば売り言葉に買い言葉になり、告げ口した人の思う壺にはまってしまいます。

いずれにしても、告げ口を額面通り受け取らないことで被害は防げるでしょう。

きみの親友がきみのことを思って、気をつけたほうがいいと言ってくるのは、忠告であって告げ口ではありません。

告げ口をする人は単純にして浅はかなので、意に介さず笑い飛ばすぐらいでいいと思いますよ。

「おい、○○課のSから聞いた話だけど、先日、きみの奥さんが若い男と連れだって吉祥寺のバーに入っていったらしいぞ」

ハハハ、まず笑って、

「女房は若く見えるのが自慢でして、ガールズバーでバイトを始めたんですよ。その若い男は甥っ子の大学生です」

と、言ってから、ハハハハハ、と豪快に笑い飛ばしましょう。

34 本当の覚悟を持て

今しかないか、やるっきゃないか。確かにそうだな。覚悟のほどなんだよ。

生半可な覚悟じゃ、みんなが迷惑するからな……。

その覚悟があるのなら、十分に価値があるじゃないか。


どうしてもやりたいことって何ですか?

そうですか、それをやることは稀有にまっとうなことですが、難しいことには違いありません。しかし、失敗しても親や、親戚に、カネの迷惑をかけることではないし、周りの反対を押し切ってもやる価値は充分あるでしょうね。

ただ、本当に覚悟しているのでしょうか。

死ねば犬死にどころか、心ない奴らから、国や国民に迷惑をかけやがって、と非難ごうごうになるかもしれませんよ。

犬死にしなければ英雄になれそうです。

ごめんごめん、そんなことは考えていないでしょう。

ただ、今、何が行われているか。そのありのままを、命がけで世界に発信したいんですね。やむにやまれぬ思いが、きみを行動に駆り立てているってことですね。

しかし、親御さんは、それでもきみの身を案じて大反対しますよ。


親子の縁を切る、ときみのほうから切り出すしかないでしょう。

僕との縁は切らんでもいいぞ。

無事を祈るよ。

僕は老いたもの書きだけれど、戦場カメラマンの沢田教一さんを尊敬している。

きみもそうか、あの写真に魅せられて、いつか自分も、と思ったんだ。

いい写真を撮って世界に真実を伝えろよ。

あの国はまだ寒いぞ。

風邪を引くなよ。

35 自分の中には自分という魔物が棲む

自分の中には自分という魔物が棲んでいる。いずれ誰もがそのことに気づく。気づくことができれば、安心できます。コントロールもできます。それくらいに厄介なんですよ、自分というのは。

自分が自分でないような
自分がどこかへ吸い込まれていくような
そんな自分が怖いような
でも
そうあってほしいような
結果は悪くないような

そんな精神状態の自分に気づいたら

こりゃだいぶ厄介だぜ

楽なんだもん
得体の知れない自分が凄いって
しばらくはこのままでいたいって
本気で思っているような

でも
怖いんだよ
早く普段の自分を取り戻さなきゃ
まだ少しこのままでいいか
心の中で見知らぬ自分と綱引きして
ズルズル引きずられて
本当に怖くなって悲鳴をあげた

とたんに
普段の自分に戻った
ホッとして今まで何だったんだろう
自分の中には自分という魔物が棲む
そのことに気づいたら安心していい
コントロールできるはずだから

自分の中の魔物をコントロールできれば、
自分がびっくりするほどの力を発揮してくれます。
火事場の馬鹿力というのも、それなんでしょうね。

36

内側にあるものを正しく見抜く

外見で人を判断するのは、裏を返せば正しい。それができるかどうかが問題だ。つまり、外見で人を判断するのは、とても難しいということなのだ。それでも正しく判断するには……。


きみはどのように人の外見を見ているでしょうか。

頭のてっぺんからつま先までブランドで飾り立てた人間を、どのように思うでしょうか。

凄いなと思いますか。

自分もいつかはあのように選び抜かれたブランドで、身を固めてみたいと思いますか。

それはお金がなければできないことなので、お金持ちになろうという欲求とつながっているかもしれません。

きみは一生懸命努力するでしょう。そして、ついに自分を、とびきりのブランドで飾り立てることができるようになったのです。そして街を歩きました。羨ましそうに見てくる人もいます。羨ましさを超えて敵意に近い目で見てくる人もいます。無視する人もいます。軽蔑の眼を向けてくる人もいました。

それは夢を叶えたきみにとって意外だったかもしれません。

99％の人の羨望、そして1％の人のひがみからくる敵意の視線を想像していたのではないでしょうか。

ブランドというものはむなしいと理解したかもしれません。

そして堅実なことにお金を使う人間になるかもしれません。

きみと同じ気持ちからお金持ちになることを志した人がいて、その人はブランドで身を固めるという夢が叶った途端、そのことに魅力を失いました。きみとは違う立場で堅実にお金を使うようになりました。そういう人も出てくるでしょうね。

いずれにしても、ブランドで身を固めることの虚しさを身に染みて感じたのでしょう。そしてブランドで身を固めている人たちを見て、この人たちは何もないからブランドに頼っているのだ、と悟ったかもしれませんね。

自分を持っている人の多くはブランドにあまり関心を示しません。

ほとんど関心を持たないのです。例えば母校の大学の教授が着古したスーツの内側からさりげなく取り出した万年筆で、きみが買ってくれた自著の専門書にすらすらとサインをしてくれたとしましょう。

その万年筆がモンブランでも最高級品だったことに、恩師である教授のこだわりを感じてさすがと思うでしょう。これがブランドを心から愛し大事に一生使うブランド志向なのだ、と教えられた心地になると思います。

さて、夢を叶えたきみはそういうブランドを、まだ身に付ける資格もないし境地にもない。そう思ったきみはブランドというものをどのように愛好するかを知ったに違いないのです。そして人を見かけで判断することの難しさも知ったことでしょう。

人を見かけだけで正しく判断できるのであれば、けして見かけで判断するなとは言いません。見かけからその人の内側にあるものを正しく見抜くということができるのであれば、それはそれで凄い資質です。

人の見かけだけでそういう判断ができる人は、おそらく自分自身の内面も豊かな人なんでしょうね。

きみは、きっとそういう人間になるでしょう。

37 迷惑にならない無理を通す

無理をしようよ。しかし、無理を無理してはいけない。無理を無理しては、無理に潰されてしまいます。よく見ればそういう人が、周りにいませんか。さぁ、どういう無理ならいいのでしょうか。

きみは無理をどのように考えていますか。

ご承知のように、無理を通せば道理が引っ込む、のでしょうか。それを覚悟で行う無理は、中世の暴虐な王様のような振る舞いになるかもしれません。

となると、無理を通すといっても、それなりに制約があることになります。まずは身近な人や、周りに迷惑がかかるようになってはいけません。とりあえず、制約はそれだけにしておきましょうか。

さぁ、どういう無理なら通すことができますか。

今、自分はのるかそるかの勝負どころに立たされています。自分はサラリーマンで、

A社とB社という業界双璧の大得意を持っていたとしましょう。

ごく内密にA社から引き抜きの打診がありました。いろんな条件が大変良い。めったにないチャンスだと思えました。

だが、それで電撃的にA社に移籍したらどうなるでしょうか。

今いる会社がA社というお得意先を失うことはないでしょうが、A社とB社は尖ったライバル関係にあって、B社は自分がいる会社との取引を断つ可能性が高いでしょうね。

そこでどうするかです。

A社には大変ありがたいお話だけれど、と断りを入れます。今いる会社とは同業ながらC社という小さな会社があります。まだ社員10人そこその会社ながら外資系で、近い将来に日本を大きな市場にしたいと目論んでいます。

その会社の海外にある本社筋から数年前、日本への進出を含みとしてスカウトされたことがあったんです。そのときの向こうの担当者とは、メールのやり取りだけは続けていました。事情を話すと、喜んで迎えてくれるということでした。

日本ではまだ赤ん坊に近いその小さな外資系会社に、役員待遇で移籍することになりました。

ということで、突然の辞表提出にもかかわらず、会社はあまり詮索がましいことはしないで受理してくれました。

海外の本社で一年間、日本進出の戦略を学びました。そうして帰国して、その小さな外資系会社の中枢の一人として活躍を始めました。

23年経ってみると、社員数は100人近くになり、かつて在籍していた会社での大得意であったA社とB社は、ともに有力な取引先となっていました。

両社をともに失うことなく通した無理は、在籍していた会社に突然に辞表を提出したことだけですみました。それも大した無理ではなかったのです。

今になってみれば、その人が在籍していた会社は、大魚の人材を失ったことになるのでしょうね。A社から引き抜きにあったことで生まれた人生の岐路は、華麗な転身を遂げさせてくれたわけです。

焦ったり欲張って無理をすると、亀裂のような無理が生じるのではないでしょうか。

38 「ｉｆ」とは永遠におさらば

心にゴミを溜めてはいけない。心のゴミにはいろいろあるけれど、ここでは「憎しみ」「劣等感」「ｉｆ」の３つに絞ってみましょう。

この３つのゴミを溜めなければ、かなり快適な毎日を過ごせるはずです。

心のゴミは、箒《ほうき》で掃き集めて捨てるわけにはいかない。強い意志を働かせて、心から排除するしかありません。

人手を借りるわけにもいかないから、すべて自分でやるしかないのです。このことを念頭に置いて次の３つを試してほしい。

１つ目の心のゴミは、憎しみです。

誰かを何かを憎むたびに、そのカケラが満ちる。それが憎しみのゴミです。割れたカラスの破片ように、あちこちが鋭く尖っていて、二つ三つのカケラでも、そのままにしておくと心を深く傷つける結果になるでしょう。

このゴミを円滑に排除するには、憎しみを捨て、その代わりに何か楽しく打ち込めることを探すことです。あるいは憎しみのエネルギーを向上心のエネルギーに転換して頑張っていくことでしょうね。この転換ができれば憎しみのカケラは、心の底に落ちなくなるはずです。


2つ目は劣等感に襲われるたびに、心に降るそれのカスです。

劣等感は本当をいえば、ないも同然なんですね。人よりも自分の能力は劣っているという思いに襲われるたびに、そのカスが心の底に落ちるだけです。このカスが心の底を覆い尽くすと、一生劣等感にさいなまれ続けるんです。

人より劣るもので比べるな。探せば、また努力すれば、人より大きなものを身に付けることができるんです。それを身に付けるために一生懸命になりましょう。劣等感に苦しんでいる暇はありません。


3つ目はｉｆの世界です。

もしもあのときこうしておれば、というｉｆは幻よりも無意味なことです。あのときどうしたってこうしたって、それ以上にはならないんです。つまらないでしょう。そのつまらないｉｆを繰り返し振り返ることほど、つまらないことはありません。

一つのｉｆを行えば、別の事柄でもｉｆを行う。つまらんつまらんつまらん、最低につまらんことですよ。これを続けると、目に見えないゴミが心の底を塗り固めることになります。

さぁ、虚しいｉｆをやる暇があったら、今取り組んでいることに、自分の能力を最大限に注いでみようじゃありませんか。

能力はそうやって向上していくんです。

さぁ、ｉｆとは永遠におさらばしましょう。

39 意見を持ち続ければ哲学になる

自分の意見を持てよ。人に侮られても笑われてもいい。それがきみの意見なら、それで通せばやがて認められます。自分の意見がなく、どっちでもいいは卑怯と同じ。そのうち相手にされなくなるはずです。


イデオロギーとか、政治的なことは抜きにして、

「きみはどっちだ」

と訊かれたときのことです。

どっちでもいいでは答えにならないでしょう。どちらに対しても角が立たないよう気を遣っているのか。それは無用の気遣いです。というより、結果的には自分が損になるバカバカしい結論といっていいでしょう。

もしも、どっちにも加担できない自分の意見があって、どっちでもいいというのなら、それはきみにとって人格的にも大損になりますよ。

どっちにも加担できない理由をはっきり述べて、自分の立場を明確にすることです。本当にどっちでもいいと思うのなら、きみの思考は停止しているのも同じなんですよ。

どんなときにでも、自分の立場は自分の明確な意見を出してはっきりさせる。それは人生ではとても重要なことだと思います。

曖昧にどっちでもいい的な態度は、努力して改めていきましょうよ。そのほうが周りにもスッキリして痛快な印象を与えるはずです。

どっちでもいいは禁句にしましょう。

何ごとも曖昧な人間だと思われると、次第に人は信頼を寄せなくなるのですよ。これだけでもう人生は侘しく貧相なものになってしまいます。

さぁ、自分はこう思うと常に旗幟《きし》を鮮明にしましょう。きみの人生を彩り豊かに実らせるために。

僕はかって自分が身に付けたいものを、ためらわず自由に身に付けようと思い、次第に自分の思い通りのファッションに変えていきました。自分の意見をファッションで表したかったのかもしれません。はじめは罵声を浴び嘲笑されましたよ。

でも、これが自分の意見だと曲げなかったんです。4、5年もすると、認めてくれる人が増えてきました。10年もすると、自分はそのようにはできないと言う人も理解してくれるようになりました。

自分の意見はどんなかたちでもいいからひるまず表せばいいのだ。

10年もしたら哲学になるんです。

だから、だからです、自分の意見をしっかり持ちましょうよ。

40 ストレスは空想で解消する

意識している以上にストレスは溜まる。羽目を外せ、羽目を。ひとりのときは空想の世界でヒーローになりませんか。悪役でもいいんですよ。ひどい現状を叩き潰しましょう。人類初の世界帝王になってみましょうよ。


子供の頃はいっぱいに空想の翼を広げたのではありませんか。

今はどうですか。大人になってから、天馬空を行くような空想を忘れてはいないでしょうか。

人のことはあまり言えませんが、僕はものを書く仕事をしているので、ストレスはそのなかで適当に解消することができています。でも、子供のときの空想は、そんなもんじゃなかったですよ。

戦後2、3年の頃は、黄金バットの紙芝居をよく見ていました。その夜は眠りにつくまで黄金バットになったつもりで、自由奔放に悪を潰していましたよ。

朝、気がついたら、大きな風呂敷を黄金バットのマントのように身に付けていたこともありました。

敵役《かたきやく》のナゾーにもよくなったもんです。

フクロウに似た覆面をかぶって、一人乗りの円盤にあぐらをかくように座っていました。何処からともなく現れ、空を自由自在に飛びまわり悪を行う。そのナゾーになったつもりで、世界の悪を潰しまくりましたよ。悪はオイラ一人でいいんだ。

円盤から降りて月の砂漠で立ちションベンをしたこともありました。当時、人気《ひとけ》のない場所での立ちションは普通でした。

でも、月が出ている砂漠ではなくて、月の沙漠でしょ。気持ちよかったなぁ。

空想の翼を広げた翌日は、おとなしい良い子だったと思います。

子供って悪いこともしたいんですよ。でも、それはいつも空想の世界で卒業しちゃってる。今でもものを書きながら、そのものとは違う空想をよくやっています。

最近の空想の世界では、空飛ぶ車いすに乗ってウクライナに行ってきました。人を殺傷できなくする（優しくなる）光線をロシア軍はもとより、ウクライナ軍にも浴びせまくって戦争を終結させせたんだぜ。空想だから威張れませんが。

昨日は寝る前に80歳以上8人組のアイドルグループを率いて武道館に観客をあふれさせました。「坂道シリーズ」の歌も歌いましたし旧日本軍の軍歌も歌いました。最後は観客も熱狂の渦に巻き込んで「勝手にしやがれ」の大合唱をしましたよ。

大人の人はこういう馬鹿げた空想をバカバカしいとしてやんないでしょ。だから、まずいんですよ。ストレスを溜めちゃってるんですよ。

それを意識して何か別の解消法をやっていると思います。しかし、空想の世界とは効果が段違いです。こちらはおカネもかからないし、準備も場所も必要ありません。毎日できます。大酒を飲んだって翌日は元の木阿弥《もくあみ》でしょ。解消したつもりのストレスはちゃんと残っているでしょ。空想の世界で大きく羽ばたこうじゃないですか。眠りにつく前の10分間で充分です。不足分は夢が補ってくれます。

ストレスは空想で解消しよう。

41 自分の居場所は心の中に見つける

「自分の居場所」なんてそんな都合のいいものはないんですよ。探したって無駄です。常在居場所なんですね。その意識を強く持ちましょう。これからの人生を活き活きとさせるために。


自然に自分の居場所を得た人は、それでいいんですよ。

居場所、居場所、と目をとんがらせて探し回っている人はいませんか。

自分の居場所があれば、傷ついたら静かに癒やすことができます。集中して自分と向きあえます。ひとり孤高の時間を持つこともできます。

へえー、そうかい。そんな素敵なところがあったら、俺も行きたいよ。でもな、地球上のどこを探したって、そんな都合のいい場所は見つからないぜ。それに第一、居場所って探すもんかい？

居場所を否定する声が聞えました。確かに、そうなんですね。

そういう安らぎを得られる場所っていうのは、常に自分の心の中にあるものなのです。ありもしない場所に頼ることはできません。

居場所といえば、職場でも、通りすがりの珈琲店でも、よく手入れの行き届いた小公園でも、自宅近くの神社でも、どこでもいい居場所になるでしょうね。居酒屋でひとり盛り上がるのなら、それが自分の居場所でしょう。でも、いっときのことで終わるんですね、そんなのが居場所だとしたら。やがて虚しいと思うようになるかもしれません。

さっきも言ったように、居場所は自分の心の中に見つけるものなのです。そして、体はいつも常在居場所なんですね。職場で白熱した会議が行われていれば、自分も積極的に参加する。思うところを言う。それで充分自分の居場所じゃないですか。仕事を終えてひとり自分の部屋に戻り、いっとき、ぼんやりしてみる。どんな想念が生まれるかはともかく、それがれっきとした自分の居場所ということです。

常に自分は自分の居場所なんです。その居場所が刻々と変化するから、素敵な居場所になるんですね。もっと素敵にするんでしたら、たまたま通りがかりに入った小公園でベンチに腰を掛け、深山幽谷《しんざんゆうこく》にいる自分をイメージすればいいじゃないですか。

小鳥たちがさえずり、滝の姿は見えないのに滝の水が落ちる音がする。せせらぎを、おや、と思えるほどの大きな魚影が遡る。癒されますね。心が膨らみます。

時には危険なイメージだっていいじゃないですか。戦場ライターとして、戦場カメラマンとしてウクライナに行って命がけで取材をする。頭がめくるめいて頭脳に溜まっていたストレスが飛沫のように周囲に飛び散って行きます。これも戦争の悲劇を全世界に伝えるということで、大変緊張するけれど、価値ある居場所じゃないですか。居場所とはそういうもんなんだと思いますよ。

繰り返しますが、常在居場所で、それが今どういう意味で自分の居場所なのかは、それぞれに自分の心に委ねてみませんか。

42

ストレスを吐き出す排出口を作ろう

入れて溜め込むばかりじゃダメなんですよ。良い心は良い排出口を持っています。人の体ってそういうものでしょう。口から食べて肛門からカスを排出する。心は、もっとそうでなければいけないんじゃないですか。

またストレスを溜めてんな。またへこんでんな。

いいんだよ、どんどんストレスを心に入れろ。へこみたいときはへこんでいいんだ。

ただ、ズルズルするなってんだよ。

どうしたらズルズル引きずらないですむか。

簡単だよ、ごく簡単だよ。

僕がやってきた、ストレスの解消法を2つばかり紹介したいと思います。

それをヒントにそれぞれに考えてみてください。すぐ思いつくはずです。なんたって心に排出口を作ればいいだけの話ですから。

入れて溜め込むばかりだから、ダメだってことですよ。

僕が中1のときに受けていた、いじめの話からしましょう。いじめを受けると、そのことが気になって気になっていつまでも後を引くんですね。

朝になれば今日もいじめられるんじゃないか、と不安になる。気持ちだけでも、たとえ空元気《から》でも元気になりたかったものです。

僕はいじめ解消ノートを作り、いじめグループを裁判にかけました。僕が検事で裁判官。弁護士は参加させませんでした。そして、いじめグループのリーダーを死刑、その子分たちを無期懲役にしたんですよ。

それで結構気が晴れて元気に登校できました。いじめにあっても我慢できたんですよ。

あるときからいじめは終わりました。

それには他にも理由があったんですけど、ある同級生が教えてくれました。リーダーが、あいつ、ケロリとしている、なに考えてんのか怖いよ、とか言ったというんです。こっちは心の中で、きみはもうじき死刑執行になるぞ、と開き直れたってことでしょうね。

つまり、いじめ解消ノートにいろいろ書くというのは、心に置いておけないカスを排出するということになるんです。


僕は5歳のときに耳の病気をして、後遺症として軽度の難聴を一生負うことになりました。もう一ついえば、天然の音痴なってしまったということですね。

音階も取れないしメロディーもきちんと聴き取れない。音痴になるのは当たり前ですよね。

社会に出て5、6年経った頃かな、カラオケブーム訪れました。今から思えば原始的なカラオケでしたけど、凄い人気になりました。

営業畑で転職を繰り返していたのですが、社用で接待が多くて食事の後はカラオケが定番でした。あれって接待する側とされる側がゾウさんチームとか、ウサギさんチームとか適当に名乗って代わる代わる歌うんですよ。歌わないわけにはいかないんです。

それで仕方なくあるとき、「勝手にしやがれ」を歌いました。

歌詞を借りて自分が好きなように気ままに、声を張り上げて歌ったんです。これが受けたんですね。

今はカラオケに行けない体になりましたが、仕事中でもトイレに入っていても大声ではなく、小声で気持ちよく歌っていますよ。

歌手のようにうまく歌おうとするからかえってストレスが溜まるんです。自分が歌いやすいように、でいいんですよ。自己流に小声で歌う。これでストレスがかからないどころか、心に溜まったストレスが溶け出し、歌声とともに外に吐き出されていく。いい気分ですぞ、これは。

さぁ、これで理解できたと思います。みんなそれぞれに自分の個性で、心に溜めたストレスを吐き出す排出口を作りましょう。

ほんと、これって心の健康にいいですね。

後はやるかやらないかです。

それが人生では問題なんですよ。

何ごとも、やってはじめて始まるんです。

43 大いに笑って、大いに泣く

皆さん、よく笑っていますか？　よく泣いていますか？　笑いは免疫力を高め、涙はストレスを流します。人生を豊かにするために、命に活力を与えるために。大いに笑い、大いに泣いて健康になろう。

僕は、子供のときからよく笑い、よく泣いてきました。そして、今もひとりになるとゲラゲラ笑い、嬉しいこと悲しいことを問わず、感動すればハラハラ涙を流しています。

家にひとりでいるときに、ラジオの落語を聞いてゲラゲラ笑いころげたこともあれば、悲恋の名作映画を観て涙し、ティッシュボックスを空にしたこともあります。

笑いの種は、どこにでもあります。

ガラス戸越しに見える物干し竿に吊るしたハンガーに、カラスが止まってズッコケて、それがなんとも面白くて大笑いが止まらなかったこともあれば、中国東北部、旧満州の荒野で20歳の命を散らして戦死した兄の遺稿の短歌を読んで涙にくれたこともありました。

笑いの種も泣きの種も浜の真砂《まさご》ではないけれど、けして尽きることはありません。笑いも涙もない無感動な日々を送るようになったら、それはもう闇に向かってどんどん歩いているようなものです。

笑おう笑おう、特にひとりでいるときは大笑いしましょう。

笑いの種は、いくらでもあるはずです。

涙を流そう涙を流そう、特にひとりのときはいっぱい涙を流そう。

笑いは、免疫力を高めます。涙は、ため込んだストレスを一気に心から流し去ってくれます。

さあ、健康のために、人生を豊かにするために、命に活力を与えるために、遠慮せずに笑おう笑おう。

我慢せずに、涙を流そう涙を流そう。

44 耐える強さを身につけろ

我慢のしどころで堪忍袋の緒を切るのはもったいない。それまでの努力が一瞬で泡と消えることもある。耐えるということには本物の強さがある。我慢のしどころで我慢を通せた人は、やはり人生でも強いものなんだ。

中学2年生のときでした。同じクラスに、独特のオーラを放っている奴がいました。勉強も運動もそこそこはできたし、体も大きいほうだったかもしれない。でも、並外れた何かを持っているという感じではなかったんです。

彼が放っていたオーラは、どこからくるのだろう。僕は、彼を観察しているうちに一つの結論に達しました。彼のオーラは、自分に対する何らかの自信からきているのではないか。だとすれば、その自信とは何か。

僕は、彼が学校から遠く離れた町の空手道場に通っていることを突き止めました。彼のオーラ。それは、喧嘩には絶対に負けないという自信だったのです。精悍な気配を全身から発している、喧嘩をしたら誰にも負けないという自信。それが彼のオーラの正体だったのです。

あるとき、皆から学年の番長と評される他クラスの奴に、彼は喧嘩を挑まれました。そして雑木林の中で行われた一対一の喧嘩を、僕は番長の取り巻きたちと共に観戦する機会を得たのでした。

番長のパンチ攻撃に対して、彼は防御するだけでした。番長のパンチ攻撃は、執拗に蹴りを繰り返すことに代わっていきます。番長の顔色が、明らかに変わっていきます。番長の攻撃に対して防御するだけの彼ですが、息を荒げているのは番長だけです。そして、しばらく見合うような時間が続いて、お互いを理解したような様子で二人はほこを収めました。そして、番長は取り巻きを連れて、その場を離れていきました。

僕は、本当は番長より、彼のほうが強いんだと思いました。

30年近く経って、その小学校の同窓会が行われました。元番長は、地元の顔役になっていましたが、あのときの喧嘩を忘れることはなかったと言います。

「あいつが本気でかかってきていたら、俺は大怪我を負わされていただろうよ。最初の10秒でそれがわかった」

と、元番長は述懐して苦笑していました。

一方のオーラを放っていた彼は、海外に移住して、その国で空手を教えながら実業家として成功したということでした。


耐えるということには本物の強さがいる。

耐えることでその強さはさらに磨かれていく。


実社会でも、耐えることを知っていて本物の強さを持った人は、やられてもやり返さない。裏切られても名誉を損なわれても態度を変えない。内心の絶大な自信が、寛容という姿をとって現れる。そして、そういうオーラを放っているのです。


耐える強さを身に付けろ。やり返さないで吸収しろ。

耐えて耐えて自信のオーラを放て。

45 誤解を怖れるな

誤解を怖れない人は、結果的に大きな信頼を得る。誤解されて怒り、誤解した人を罵《のの》り追いやる人は、一生誤解されたままで終わる。たとえ誤解されても、誤解はいつか解けると信じられるのが、強さなんだ。

誤解を怖れない人がいます。

ある蕎麦屋の店主Oさんが、まだ出前持ちだった時代の体験を話してくれたことがあります。

出前持ちの頃、昼食によくその店の蕎麦の出前を取ってくれる家があったそうです。出入りしていた出前持ちが、事情があって辞めるというので、その後をOさんが引き継いだ。そのときに常連のお客さんの情報をいろいろ教えてもらった。今でいう、顧客情報というやつですね。

Oさんはその家へ初めて出前に行きました。教わった情報では、注文するのは専業主婦の奥さんで、ウイークデーの昼間は夫も、子供もいない。奥さんは解放感を味わいたくて出前を楽しんでいたらしいのです。

他にも、その奥さんについての作法も教えて貰っていました。

「ちゃんと食器は洗ってくれるよ。品代はトレーに載せて置いておいてくれる。お釣りがいらないようキッチリな。だから、それ以上のことはしなくていい。『頂きました！』と大声で叫んで帰ればいいよ」と聞かされていました。

Oさんが食器を引き取りにいくと、庭に面した縁側にきれいに洗われた食器はトレーの上にありましたが、いくら探しても品代が見当たらなかったんです。

Oさんは、「奥さ〜ん」と大声で呼んだ。奥さんはすぐに出てきました。

「天ぷら蕎麦の料金をいただけますか？」

奥さんは怪訝《けげん》な顔をして、言いました。

「そこに出しておいたわよ」

「いいえありませんでした」

「そんなことないわよ」

奥さんは納得がいかない顔のままでしたが、品代を支払ってくれました。

それから7、8回出前にいきましたが、引き取りに行くといつもきちんと品代は置かれていました。だけど、またトレーに品代が見当たらないことがあったんです。そのときも「奥さ〜ん」と呼ぶと、明らかに疑った表情で奥さんは現れました。

「ちゃんと置いたのよ。どうしてかしら？」

「ございませんでした」

Oさんは穏やかに言いました。

「これからは直接払うわ」

「そうしていただければ助かります」

それからは食器を引き取りにいくと、奥さんが奥から出てきて直接払うようになりました。置いた、なかった、というトラブルの心配はなくなりました。けれど、奥さんがOさんを見る目にはいつも警戒するような輝きが浮かんでいたというんですね。それがOさんには、辛かったようです。

ある日、いつものように食器の引き取りにいくと、その奥さんが、「誤解していてごめんなさい」と深く頭を下げました。

「家には中学1年の息子と小学5年生の娘がいるんだけど、娘がお兄ちゃんはお蕎麦の代金をポケットに入れていた、と教えてくれたの。たまたまお兄ちゃんと喧嘩したときに、それまで黙っていたことを私にしゃべったのね。本当にごめんなさい」

それ以来、その家はOさん贔屓《びいき》になって、出前を取るだけでなく夫婦で店へきてゆっくり過ごしてくれるようになったとか。


Oさんはそれから10年余りで独立して、その土地を離れました。Oさんの店ははじめは苦しかったそうですが、今は繁盛しているとのことです。

「のどかな時代だったんですね。今はトレーに品代を置いといてくれるお得意さんなんていませんよね。客商売だから、誤解を受けることはたまにあります。そんなときでも、事実は事実として言うべきことは感情的にならずに言わせていただいています。誤解というのは、いつか解けることがほとんどです。誤解を怖れないから、こうして店を続けていけるんじゃないですかね」

Oさんには、たとえ誤解されても、自分を信じる強さがあります。

誤解されたことで、感情的になって言い返したりすれば、誤解は解けないままに終わってしまいます。そのほうが恐ろしい。誤解はいつか解けると信じる強さを持とう。

46

へこんだときは童心に帰る

誰にだって気持ちが落ち込むときはある。そんなふうにへこんでいるときは、どうしていますか？ そんなときは、自分が子供だった頃のことを思い返して童心に帰るのが効果的です。

もう何週間もへこんでいるって？ そりゃ、さすがにへこみすぎだよ。なんでへこんだかは知らないけれど、へこんだ分を取り戻して、さらに膨らませる方法がある。

自分が小さいときに描いた絵がとってあったら、それを出して眺めてみよう。それがクリスマスの夜を家族で過ごしたときの絵だったら、とても素敵だ。見ているうちに、そのときの情景が浮かび上がってくる。

フォークですくって食べたケーキの甘さが舌によみがえる。そのとき交した会話まで聞こえてきます。その絵に、笑顔のお祖母ちゃんが描かれていたらどうだろう。そのお祖母ちゃんがもうこの世にいなかったら、涙がこぼれるかもしれない。その涙は、どんどん流していい涙だ。コチコチにへこんだ心を潤してくれる。

「これ読んで」と同じ絵本を繰り返し親にせがんだ記憶はありませんか？　その絵本は、あなたの感受性にはまったものです。あなたの感受性は、その絵本を読んでもらうたびに豊かに息づいて発達しました。そのときの絵本を探し出してきて、声を出して読んでみよう。自分のための読み聞かせです。へこんで硬化していた心が、きっと静かに息づいてきますよ。そのときに味わった感動が奮い起こされるからです。笑いも涙も、素敵な感動にはつきものだから気にしない。しっかり受け入れましょう。

歌い終えると、心身が弾んでいるような余韻を覚えた童謡はありませんでしたか？　それは、アニメの主題歌でもいいんです。子供のときの情感を取り戻して歌ってみよう。歌い終えてキャッキャとはしゃげたら、しめたものです。むせび泣いてもいいじゃありませんか。

わかってもらえましたか？　心がへこむのはいいとしても、何日もへこんだままにしておいてはいけない。へこんだ心を膨らますには、豊かな感受性で潤すことがいちばんです。それには、童心に帰ることが最短の近道です。

へこんだときに限らず、折りに触れて童心に帰ろうよ。

第4章

生きるための希望

47

ありがとうの魔術

「ありがとう」という言葉には魔性的な力がこもっています。言う必要がないときでも言っておけば、思わぬところで思わぬいいことが起こります。普段から「ありがとう」はどんどん言って、良いことを引き寄せましょう。

大学浪人のとき、正月に道で知っている顔の人に会って、おめでとうと言われました。僕は虚を突かれて、「ありがとうございます」と丁寧に応えました。

その人は近所に住んでいて、ときどき、道ですれ違いました。僕より6つ7つ上で、いつもスーツを品よく着こなしていました。それまではすれ違っても、お互い黙って通り過ぎるだけでした。今度会ったらこっちから声をかけようと思いましたが、それっきり、会うことはありませんでした。

大学生になって、I産業という商社がバイト募集をしました。市場調査のバイトでしたが、日給がとてもよかったので応募者が多かったんですね。

応募者の面接に当たったKさんという社員が、なんと、正月におめでとうと道で声をかけてきた人でした。これには驚きました。

「正月だからおめでとうと声をかけたんだが、返事がありがとうございます、だからな。一生忘れないよ」

僕はもちろん採用になりました。Kさんはわが家からほど近いところにあったI産業の独身寮に住んでいたのですが、結婚して社宅に入ったんだそうです。

それから7、8年経って、僕は職を転々とするようになり、絨毯クリーナーなどの清掃用具を販売する会社に入りました。

I産業のKさんという人からの飛び込みの電話を、たまたま、僕が受けました。僕だということを知ってKさんは驚いていましたよ。米軍用の特需がらみで、見本として絨毯クリーナーを見たい、ということでした。

早速、見本を持って会いにいきました。そしてKさんは、こう言ったんです。

「兵舎用なので頑丈なのが欲しい。5、6社さんの見本を取り寄せ中なんだ。見本は1社30個だが、100個入れてよ」

決まれば万単位の注文になるという。

そのときの勤務先が、他社との競争に勝って注文をものにしたかどうかは知りません。それからひと月も経たないうちに、僕はその勤務先を辞めましたので。

「ありがとう」の一言は、口にするのも簡単でいろんなケースで使われます。しかし、それを発するときは状況によってかなりの温度差が生まれるんですね。

言われる側はどう受け取るでしょうか。

謝礼のあることがわかっていて、何かを手伝って終えるときの、

ありがとう

この「ありがとう」には、儀礼の響きがあります。

でも、感謝の心がこもっているときもあるでしょうね。期待されていた以上の仕上がりになったのかな、と気分が良くなるはずです。

たまたま居合わせて何かを手伝い終えての、

ありがとう

この「ありがとう」には、強い感謝の念がこもっています。感動されたんだな、と察せられることもあってこっちのほうがウキウキしてきます。

道を歩いていたら、高齢者の男性がほどけた靴の紐を結ぼうとしていた。右手の指や甲に湿布薬を貼っている。手指を痛めているようでした。

見るに見かねて、しっかり結んでやったら、「ありがとう」と何度も何度も頭を下げられたんですよ。深い喜びと、恐縮した思いがビンビン伝わってきました。

「ありがとう」を言う場合は、言われて自分がいちばん感動したときのことを思い起こしながらが言うのがいいでしょうね。

そのとき、その「ありがとう」は、鬼に金棒になって強く相手に伝わるはずです。

その一言がいつか考えもしないかたちで返ってきて、歓喜することもあるでしょう。

48 希望は萎む。それでいい

画布に描く夢と違って、脳裏に描く夢はパッと消えてはまたパッと現れます。それでいいんだと思いますよ。現実的な夢では描き直しがある。だから、実現します。

夢を描いたときには胸は希望で痛いほど膨らんでいたんだと思いますよ。

希望というのはね、膨らみすぎると、僕流に言うと幻覚に近いものを引き起こしやすいんです。

夢が達成できてそれに酔いしれているような、何とも心地よい状態でしょうか。

要するに、夢が実現するのは100パーセント確実のように思えるってことですね。

しかし、実際に夢を目指すと思い通りにはいきません。

着々と夢の実現に向かって進むなんてことは、まずないでしょうね。

難題が待ち構えている。それも夢を描いたときとは想定外のものばかりなんですね。


希望は、萎む。

描いた夢は描いたときよりも遠のいて見えてきます。

でも、それでいいんですよ。


帆にいっぱい風をはらんで船出した船が暴風雨に遭ったら、帆を下さなければ転覆するでしょう。

帆にいっぱいはらんだものを希望としてみましょうか。

暴風雨という大きな難題に直面したら、いったん希望をしまって目前の難題を解決しなければなりません。


やっと解決できて、再び希望をいっぱいにはらんで、夢への旅路を再開できたとします。

すると、また難題が待っているんですね。

また必死に取り組んで解決し、希望をはらむ帆を上げて、夢への旅路を続けなければなりません。

その繰り返しなんですよ。

難題に直面したら精魂を込めて取り組むことです。

また帆を上げて希望をはらむためにもですよ。

何があったとしても、希望は失ってはいけません。難題と取り組むときは希望は胸にたたんでしまっておきましょう。

また大きく膨らませるために。

希望を大きく膨らませ過ぎて幻覚作用的な心地よさに浸ると、ちょっとの難題でも禁断症状を起こし、希望をポイと捨ててしまうことにもなりかねません。

そうならないように希望はしっかり胸にしまって、さぁ、難題と取り組みましょう。

そのときに、描いた夢の無理な部分が見えてきます。その部分は修正していいと思います。

難題に取り組んで解決してきたのなら、その都度、夢は実現可能な目標へ変質しています。

あなたの夢はどうでしょうか。

49 あきらめなければ必ず見つかる

自分の道を見つけよう。すぐにか、40代になってからか、高齢域に入ってからか、はわかりませんが、あきらめなければ必ず見つかります。ほとんどの皆さんは僕よりも若いはず。時間はたっぷりあります。

必要なのは
好奇心
探究心
冒険心

人が興味を持たないか
見逃したものに
好奇心を向けよう

きっと新しい発見がある

人が面倒くさがるか
後でやろうと思うことに
探究心をみなぎらそう
きっと人生を飛躍させられる

人が怖れて敬遠するか
仲間を誘ってやろうとすることに
冒険心を頼りにひとりでやろう
きっと未知との出会いがある

ということで
好奇心

探究心
冒険心にはほど遠い
83歳で車いすユーザーの僕は
自分の頭の中をサーフィンして
自分の新しい道を模索している

そういうことなのですが、この書をお読みいただいている皆さんは、ほとんど大部分のお方は僕より若いはずです。焦らないでも時間はたっぷりありますよ。

さあ、それぞれの好奇心、探究心、冒険心です。

50 こんな世の中だから、希望はでっかく

希望を持ちづらい時期だから、あえて、でっかい希望を持ちましょうか。地震もコロナ禍もウクライナ情勢も気になることばかり。こんな世の中を嘆くより、こんな世の中だから夢を持っていきましょう。

下げ止まりかと思ったら直近の数週間は微増しています。新手《あらて》の株を繰り出しながら、しぶといですね。

新型コロナのことです。

慣れたとはいえ、また5類に格落ちしたといっても、やはり憂鬱になりますね。うっとうしくて会いたくない奴が四六時中、視界に入っているような感じなんですよ。この書が皆さまのお目に触れる頃には、何とか収束にこぎ着けていてほしいものです。

地震もよくあります。

最近では昨年（２０２２年）、東北であった地震は東京でもよく揺れました。

ベッドで気づいた僕は、

「東京直下型か」

と、一瞬覚悟しました。

ベッドから車いすに移るまで僕ひとりだと10分はかかるでしょうね。下手して床に尻餅をついたら歩くどころか立ち上がることもできない僕は、座して何とやらの心境でした。

幸い、別室にいた妻が駆けつけてくれてホッとしました。本当に東京直下型だったら妻も別室で動きがとれないはずでしたから。


ウクライナ情勢も気になります。

次第に生々しくむごたらしい情報も入ってきますし、ロシアの侵攻が始まって、そろそろ１年半でしょう。

不況下のインフレなんでしょうか、値上げも収まりません。

やんなっちゃいます、こんな世の中。

だからなんですよ。
だから、希望をでっかく持とうじゃないですか。
コロナ禍もロシアの侵攻も、やがて完全に終止符を迎える時がくるでしょう。
地震はしょうがないですねぇ。大地にワクチンを打ったってどうにもなりません。

せめて、しっかり備えましょう。
だからなんです。でっかく具体的に希望を持とうじゃないですか。

きっと、様々な問題に先んじることができます。
だから、希望はでっかくで正解なのです。

51 頑張りようがないときだってある

「頑張る」という言葉に振りまわされるな。頑張りようがないときに頑張ったって意味がありません。

本当に頑張っている人は、頑張るなんて言わないものなんだ。

きちんと目的があって、意欲気力が充実して、その目的に向かうためのスキルや創意工夫が働きそうなら頑張りなさい。

頑張る。

頑張れるのは頑張れる根拠がそろっているということです。

もっとも、頑張れよと言わないでも勝手に頑張るでしょうね。

ところで、頑張りようがないのに、頑張るという言葉の魔力に囚われて頑張るというのは始末が悪いんですよ。

頑張るという気持ちだけでも汲んであげたいが、汲みようがありません。

昔、僕の事務所に現れた20代半ばの男性が、頑張るにはどうしたらいいですか、といきなり訊いてきました。

なぜ頑張るんだと訊いたら、同年代のみんなに負けたくないとか、両親に頑張れとか言われるから、と答えましたよ。

何か目指すものがあるのかと思ったら、別にない、といとも簡単に首を振りました。

今、仕事は何をやっているのと訊いたら、フリーターで次のバイトが決まるのを待っている、暇潰しにコミックを読みまくっている、ってヌケヌケと言いました。

そんな状態じゃ頑張ってもしかたないよ、頑張らないでのんびりコミックの原作でも考えろよ、と言って帰って貰いました。


頑張っている人は、頑張るという言葉をあまり使いません。

頑張るは曖昧ながら魔力があるので、やる気のない人の心を惑わしますね。

人は頑張れるときはほっといても頑張るものです。

52

誇りを持とうよ

自分に誇りを持てないって？　そんなことはないぞ。何でもいいんだ、若いからこそ誇りは持てます。その誇りが先駆けになって、きみの資質を引っ張って目覚めさせてくれるはずです。

職を転々とし始めた頃、ある勤務先で同じように職を転々としている奴と知りあいました。

そいつと初めて飲んだときのこと、そいつは何気なく僕の爪に目がいったんでしょうね。

「爪が伸びてるぜ」

彼は言って改めてまじまじと僕の顔を見つめました。

「あぁ、僕は爪の伸びが早いんだよ」

「そうか、爪の伸びが早いなら、きっと他のことも伸びるのが早いと思うよ」

それだけの会話ですぐに別の話題に移ったんですが、その彼の言葉は僕の頭の中にしっかり引っかかりました。

彼との縁はその会社で切れましたが、その後、彼の言葉にずいぶん気持ちが救われたものです。爪を切るたびに、そうかそうか、他のことも伸びるのは早いんだ、と心で思っては自分の励みにしたからです。

その後も転職は続いたんですが、そのうち何とかなるさ、と爪を切っているときにはそんな楽天的な思いになることができました。

作家志望が固まった頃、新人文学賞に初応募して二次予選に通ったときは、爪のように伸びるときは伸びる、と自信を深めたんですよ。実際には紆余曲折があって新人文学賞をいただくまで7年かかりました。

でも、あいつの言うことは当たっていたな、と思うことで、爪を切っているときに良いアイデアが湧くこともありましたね。

爪を切るときにはあいつの言葉が条件反射のように思い出されて、前向きになることができたということでしょうか。

話せばそれだけのことにすぎません。爪の伸びと資質の伸びは無論関係ありません。

でも、伸びた爪を切るたびに、あいつの言葉を思い出しては資質も伸びているんだ、と思うことでいつも前向きになることができました。

それが貴いことだと思うのです。

どんなことでもいいんですよ。

人が笑うようなことでもいいじゃないですか。誇りを持ちませんか。

きっとその誇りは、きみの隠れた資質を伸ばしてくれるはずです。

そう信じることで、「そのようになる」とシンプルに思い込んでも何の損もないでしょう。

53 明けない夜に苦しむ人もいる

明けない夜はないでしょうね。眠りにつけば、あっという間に夜は明けます。ただ、何年も明けない自分の夜に苦しむ人がいるんですよ。あいつもそういう一人でした。

中野の北口にある居酒屋でした。思いついたときにしか行かない店なのに、いつも混んでいました。

カウンター席でたまたま隣合わせた男が、

「やってるんですか?」

と、話しかけてきたんです。僕はあわてて小説雑誌のページを閉じてバックにしまい込みました。

たまたまその雑誌の発売日で、僕が応募している新人賞の中間発表のページをちょっと開いたときに、僕より少し若いらしいその男が声をかけてきたというわけです。

中間発表は一次予選、二次予選に通った作品の作品名と作者の筆名が掲載されます。きっと同じ新人賞に応募している人だな、とピンときました。

「僕も応募してるんですよ」

と、彼は言いました。黙っていると、

「予選、通ったんですか」

と追及するような感じで訊いてきたんですね。

「どうにか二次予選に残りました」と、僕は答えました。

「そうですか、それは凄いなぁ、僕はその新人賞に数回応募していますが、どれも一次予選にさえ引っかかりませんでした。他の新人賞にも応募していますが、どれもこれもダメですね」

彼はうつむきました。

その彼とはその後、一回だけ電話で話したんですよ。名刺を所望されて個人名刺を渡したので、翌日すぐに電話をかけてきました。会話が始まると、いきなり、

「苦しい、本当に苦しいんですよ、どうにかなっちゃいそうです」

と、暗い声で訴えるように言いました。

僕は当時、業界誌の記者をやっていました。そのとき、取材予定が数か所あったんですが、時間を気にしながら適当に話を合わせて、「大丈夫ですよ」とか、「もう少し耐えたらどうですか」、というように応じていました。

彼は、はじめは明るかったんですが、すぐに暗い声で、

「苦しい辛い、いつまでこんな状態が続くのか、もう生きていたくない」

と、訴え始めました。なぜ苦しいのか、なぜ辛いのか、と僕は訊いて、彼が答えたことに僕ならこうするという言い方で、彼が傷つかないように気を遣って話しました。

「そういうことはすべてわかっているんだよ。でも、そのように自分はできないんだ。だから、苦しくて仕方がないんだ」

こういう会話はとても疲れます。途中から僕は、彼の話を聞くだけにしました。

彼は、同じことを延々と繰り返し話しました。

明日があるので、と僕が電話を切りかけると、

「あと10分だけ聞いてくれないか」

と、彼は意外にもスッキリした声で言ったんです。

「フリーターをやっていてもしょうがないな。新人賞への応募もしばらくやめようと

思う。田舎に帰ってこの体を使う気になれば仕事は見つかる」

「大きな心境の変化ですね」

と、僕は驚いて電話口で強くうなずきました。

「自分に期待しすぎたんです。行く手に輝きばかりを見てね。それで苦しくて辛かったんですね。地道な自分にしばらく付き合ってみようと思います。自分は自分、しばらくごく普通の自分で勝負してみます。こうして誰かに聞いてもらいたかったんです」

田舎へ帰ったその彼から一度だけ葉書がきました。製材所でデスクワークをしていると書かれていました。休日には山歩きをしていて結構楽しい、と伸びやかさを感じさせる言葉もありました。

僕も葉書で返事を書いたんですが、それっきりになりました。今でもたまに彼のことを、地道な自分にしばらく付き合ってみよう、という彼の言葉とともに思い出します。

それは彼のいつ明けるともしれない夜が、ようやく明けたことを知らせる言葉だったのでしょうね。

54 過去を食って前へ進め

過去は、選別していいものは自分の前へ放り出しましょう。
過去を食って前へ進むのです。
もっと素敵なことを起こすために、過去を乗り越えていきましょう。

嫌な過去は引きずらなくていい。
置いとけばどんどん流れていって見えなくなります。
いい過去は忘れるな。
失敗から学んだ過去はいい過去です。
いつになっても捨ててはいけません。
素敵な過去とは想うだけでいい気持ちになる過去のことです。
成功譚でもいいし、甘かった恋愛でもいいでしょう。
しっかり捕まえて前へ放り投げてください。

それを乗り越えていくんですから、もっと素敵なことが起こります。
大事な過去はどんどん前へ放り投げましょう。

やや逆説的に決めつけたところもあります。
でも、素敵な思い出を走馬燈のように見て感傷に浸っていては、
向上欲が乏しくなってきます。

いざ前へ!!!

55 恐れさせて信頼させる

「ここで黙っていたら、おしまいだ」っていうときには、いっそケツをまくりましょう。
一世一代の大事なときに、ぼやっとするな、ということです。

男だろ。
女だろ。
人間だろ。
限度があるんだ。人間には。
ここで黙っていたら舐められる。
そんなときゃ開き直れ。
ケツをまくるんだよ。
人間だろ。

忍耐ってのはね、舐められない状況だったらいいんだ。
でも、ここで黙っていたらおしまいだってことがある。
そのときゃケツをまくれ。
本気で怒れ。
あいつは下手するとヤバイ。
それを相手に植えつけろ。
怖れさせて信頼させる。
手応えある人生になるぞ。

ここまで読んで、そういうときにはよしケツをまくるぞ、
と心に決めた人は明日にもケツをまくると思いますよ。
どうぞまくってください。

56 自分の夢に悔いを残すな

夢はでっかくでっかく持とうよ。夢は、誰に遠慮することもなく自分自身で自由に描けるんだから。たとえ実現しなくても心配しなくていい。でっかく持たなきゃ、後で後悔するにきまっているぜ。

夢は、でっかく持とう。

世間体なんて考えずに、誰にも遠慮することなく、でっかく描けばいい。若いうちは若いなりに、中高年なら中高年なりに、高齢者だって遠慮しないで描けばいい。でかすぎて恥ずかしいと思うぐらいの夢を描いたほうがいい。

子供時代にでっかい夢を描いた人ならわかるはず。でっかく描くほど、なぜか気分が良くなるんだ。それが夢の持ついちばんの効用なんだ。

夢なんだから、たとえ実現しなかったとしても心配しなくていい。

年齢を積んで経験を経ていくと、昔描いたでっかいでっかい夢は、どうしたってただの夢だったとわかってくる。それでいいんだ。

その時々で夢は修正することができる。でも、縮こまった矮小化した夢に描き直したって、面白くもなんともない。やっぱり、夢は夢なんだから。

現実の自分よりは、ずっと夢多き夢であってほしい。リタイアしたときの自分が、たとえ「俺（私）の人生、こんなものだったのか」と卑下したい状況であっても、気分がスカッとする夢を描いてみようよ。

自分の人生なんだから、少しくらい夢を残した人生に終わったって悔いはない、くらいでちょうどいいではないか。


そんなことを書きながら、僕は小学4、5年の頃に描いた夢を思い出した。

アレキサンダー大王の物語を読んでいて、その話は、まだまだ日本からとてつもなく離れたところで、征服の旅は終わっていた。それがなんとなく物足りなくて、自分がその旅の続きを続けた。無論、それは夢想という方法だったけど、インド大陸を征服し、中国大陸も思うがままに支配して、僕というアレキサンダー大王は、ついに日本に上陸した。そして、東上の旅に出て、ついに富士山を見上げる場所に到達したんだ。

「ほう、東の果てのこの細長い島に、こんな美しい山があるのか」

そこまで夢想をしたところで、「晩ご飯よー」と叫ぶ母の声に現実に戻った。だけど今でも思い出すような、とても気持ちの良い夢を描いていた。そのときのスカッとした痛快な気持ちは、文字通り一生、忘れられない。

どんな夢でもいいから、夢はどんどん描きましょう。

素敵な、いっときの逃避にもなる。ストレス解消の効果は絶大です。

57 羽ばたける道で羽ばたこう

配偶者を失った方へ。喪失感にへこんだままではいられない。自我を出して羽ばたける道で羽ばたきましょう。そのほうが、天国で配偶者も喜んでくれると思いますぞ。

今年78歳になった女性のAさんは、夫をなくして6年目になります。Aさんは美大出身でした。法学部出身の公務員だった亡夫は、絵画にほとんど関心がなかったそうです。

結婚してすぐに子供が生まれたため、Aさんは余暇に水彩画を描こうという夢を封印しました。子宝に恵まれて3人の子供たちを育てあげました。

夫は公務員を定年で辞めて、天下りということではなかったようですが、民間会社の役員に迎えられました。その夫が病魔に襲われたのです。

主治医に余命は3か月ほどと告げられた夫は、

「きみの水彩画を見たかったね」

と、つぶやきました。

その言葉がAさんの頭の中に改めて響き渡ったのは、夫の四十九日がすんだ頃でした。Aさんは結婚期間中には握ったことのない絵筆を、カンバスに向けて振るい始めました。一作また一作と描き進めるうちに、夫をなくしたことから始まった喪失感を徐々に埋めていくことができました。自分の新しい未来を見出した心地になったのでしょうね。

夫が他界して 4年目に入ったときに、自宅の最寄駅の近くにある小さな画廊で個展を開くことができました。

「夫のおかげです。個展を開くまで夫が背中を押し続けてくれました」

これからは大きな公募展にも積極的に応募していくとのことです。

Bさんは妻に先立たれた80歳の男性。生前の妻は全国紙の短歌欄に応募して、たまに掲載されていました。家事のすべてを奥さんに任せていたBさんは、やもめ暮らしになってから随分苦労したんですね。男女共同参画を実行していればよかったな、と悔やむこともあったようです。

大学ノートに掲載された自作の短歌を貼り付けた奥さんの遺品を何度か読み直し、自分も短歌を作りたいと強く思うようになりました。それで街の短歌サークルに入って短歌の勉強を始めました。

短歌を作ることが楽しい日課になりました。

「これは傑作だ」とつぶやくと、天国の奥さんが苦笑いして、幼い作ね、とつぶやくのが聞こえたそうです。

Bさんはその短歌サークル発行の同人誌に作品が掲載されるようになり、同人たちの投票による最高得票を得た短歌も生まれました。サークルの誰にも言わず奥さんが応募していた全国紙の短歌欄への応募も始めました。

まだ、掲載されたことはありませんが、採用されて天国の奥さんを驚かせたいという意欲を強めています。

配偶者を亡くした方が情熱を傾けられる自分の道を見出し、喪失感を埋めて何かに打ち込む例は、まだ少数派でしょうね。

でも、珍しいことではないようです。遅咲きの才能の花を咲かせる人も稀ではありません。

どうか自分を素直に全開し、配偶者との思い出を心に置いて新しい自分の未来を見出してほしいんです。新しいあなたになりましょう。

58 ミスをチャンスにする

自分で責任を取れるミスであればまだいいが、職場でのミスは、たとえ小さくても取り繕うことで大事になることがよくある。ミスを犯したときは、勇気を持ってすぐに周りと共有するのがいいんだ。

一人が犯した小さなミスが、会社の命取りにつながるケースというのもある。だいたいの場合は、ミスしたことを取り繕い時間が経つに従い大きなミスになっていくパターン。周りの人は、取り繕われていることに気づかず、それを踏まえて仕事を継続させていく。当然、先に行けば行くほど、取り繕われた小さなミスから派生するものは大きくなっていて、取り返しがつかないほどになっている。それが明るみに出たときには、まったくのゼロからのやり直しになる。そういうことはままあることです。

僕が、芸能週刊誌のリライトの仕事をしていた頃の話です。ミスに気づかず、そのまま校正も通り印刷所に回ってしまった記事がありました。それは、データ原稿を見て書いた僕でないとわからないミスでした。大きな記事ではなく、コメントの主は無名の俳優でした。ミスというのは、このコメント主の人名の誤記です。仮にここでは俳優・三沢敏郎さんとしておくと、僕はそれを時の大俳優の三船敏郎さんと誤記してしまったのでした。

そのことに気づかず家路に向かいました。ふと気になって、ショルダーバックに入れていたデータ原稿を電車のなかで取り出してみると、クリップで留められていた名刺には三沢敏郎とあります。誤記に気づいた僕は、顔面蒼白だったに違いありません。

編集部に電話を入れ、残っていた仲間に事情を打ち明けました。印刷所にも連絡を取り、午前0時過ぎに編集部に戻りました。校正ゲラ（校正紙）を再度確認すると、やはり俳優の三船敏郎さんになっています。

あらためて修正の赤字を入れて再度ゲラを出してもらい、ギリギリのところでことなきを得ました。もし校正ゲラ段階で間に合わなかったら、三船敏郎さんのコメントとして波紋を呼んでしまったかもしれないのです。

小さなミスに気づいたら、すぐに仲間に打ち明け、みんなで対処してもらうのがいいのです。

取り繕って時間が経てば経つほど大事になる。取り繕ったミスは、必ず明るみに出るということを知っておくべきでしょう。

僕の肌感覚では、ミスをすぐに打ち明ける人のほうが、周りから信頼を得て責任ある立場についていることが多いです。

それは、ミスをチャンスにしているのです。

59 今の自分を素直に受け入れる

果たして今の自分を素直に受け入れているだろうか。過去の輝きを振り返り、ため息をついてはいないだろうか。「過去」を自分だけが学べる自分だけの図書館にしよう。

人生には節目がある。良い節目もあれば、悪い節目もある。

2019年春、79歳の僕は、とても大きなそして悪い節目を迎えました。その年に僕は、車いす生活を余儀なくされたのです。

介護サービスを受けるようになり、その年の秋には、間質性肺炎にも罹患しました。これは後にCTスキャン検査の結果、それは、17歳時に診断された気管支拡張症を風邪で増悪させたもので、関節リウマチも関与していたようです。気管支拡張症と間質性肺炎は、各種の数値などの結果も含めて症状がよく似ているんですね。

ところで、気管支拡張症は中高年の人が罹る病気で気管支が炎症を起こし拡張し、そこに痰が溜まる病気で、いったん拡張したら治ることはありません。次第に進行していきます。

17歳のときに気管支拡張症と診断されて、医師から、

「これは老人が罹る病気なんだよ。薬は出すけれど治らないからね。無理はしないことだよ。激しく体を動かしちゃダメだよ」

と、言われてガックリきました。

医師はサルファ剤を処方してくれました。消炎効果が高いので痰の量も減るということでしたが、一向に痰は減りません。

それで、僕は新宿紀伊國屋書店の医学書コーナーに日参し医学書をパラパラ立ち読みして、信頼がおけそうな東大病院の内科にかかりました。

しかし、結果は同じで処方して貰った薬はやはりサルファ剤でした。

ただ、東大病院では、それまでの僕の病歴を詳しく聞いてくれました。

僕は小中高を通じ、学校のレントゲン検診では必ず精密検査に呼び出されました。

小学3年時に肺炎の既往症があるのですが、それには関係なく、肋膜炎、気管支ぜ

んそく、肺浸潤など、そのときの検診によって様々な疑いを持たれました。でも、本元の僕はいつも元気にしていたので、いつも要観察ですまされました。

つまり、次の検診まではそのままでいいということです。

「小学校のときから、あるいはもっと前から気管支拡張症だったのかもしれないな。つまり、持って生まれたものだということ。年を取って罹る人より良性ということだろうね」

2、3か月通いましたが、処方は同じでした。僕は開き直りました。持って生まれたものと言われたことで、僕はそれが自分の個性だと捉えたのです。風邪などの感染症に罹らなければ出る痰も気になるほどの量ではなく、咳は気管上部に上がってきたものを排出させるための作り咳以外ほとんど出ません。

一生治らないというのに、何十年もサルファ剤を飲み続けたら、その薬害で体が打撃を受けるのではないか。

そう結論づけて、通院をやめました。体を労りすぎてもダメだな、という思いがあって大学生時代は無茶をしましたよ。まだデカンショの時代でしたから、無茶をしてよく痛飲しました。

社会人になって職を転々としましたが、保険調査員時代は全国へ出張することが多かったので羽目を外していました。

29歳のときに何日か腹痛が続いたのに放置し、帰京して痛みに耐えられなくなったので入院した結果は虫垂炎をこじらせての腹膜炎でした。高熱で死線をさまよったと医師は言ったのですが、そんな感覚はありませんでした。

それより抜糸の糸の残りを腹腔に忘れられて10か月後に傷口が膿んで別病院で手術を受けましたが、これをどうしてくれるんだという気持ちはありましたね。

これ以降、半世紀近くは歯科を除いて病院に縁のない生活でした。気管支拡張症は個性ですからほったらかしでした。風邪を引くと高熱を出すのですが、市販の漢方薬で数時間で下がり、2、3日して平熱になりました。不思議なことには高熱には平気な体質で、40度弱の熱が出ても仕事はしていました。

その僕も2017年、77歳で関節リウマチを発症してからは前述の経過をたどり、2019年には車いすユーザーになり、介護サービスを受ける身の上になりました。

当初、要介護3で始まった介護サービス生活は、現在は、要介護4です。介護サービスの種類も増え、内容も濃くなっています。

もともとが楽観的で、成り行きまかせの性格でしたが、さすがこのときは「思うように仕事ができなくなったなぁ」「徹夜なんかも平気だったのになぁ」「もう、あの頃には帰れないのかぁ」と、ぼやいたことが何度かありました。


ところが、そんな気持ちを一瞬で断ち切ることができた日がありました。たまたまその日は、雲ひとつない晩秋の秋晴れで、家のなかからその風景を眺めているうちに気持ちが切り替わったのです。

「そっか、今の自分をそのまま受け入れればいいのか」

「過去は過去、引きずったら邪魔になるだけだ」

そう思えると、「過去」に対しての自分の考え方が180度変わっていきました。

「その過去からは、役に立つものだけをどんどん引き出していこう。そうすれば、大事にすべきは、まさに今このときなんだ」

そう思えるようになりました。

「元気いっぱいだったときと違って、今はとても小さな世界にいる。でも、その気になれば、たった今地球の裏側で起きたことの情報を知ることができる時代だ。その情報をもとに想像力と創造力をたくましく働かせていけば、でっかい世界になるじゃないか。自分がまだ見つけられないでいる鉱脈がいくらでもあるはずだ。それをひとつまたひとつと掘り起こして、小さな世界でも大きな世界に負けないよう膨らませていこう」


今を膨らましていく。

そうすれば、今の自分を豊かに潤わせていくことも可能ではないか。

そして、それは明日の自分を創ることになる。

そういう考えに立つと、過去は今の自分を豊かに充実させるための宝庫になるんですね。

たとえ小さな世界でも、過去、現在、未来がスムーズにつながってくる。そのことから何が生まれるのか。その期待感が僕をワクワクさせるのです。

どんな状態であっても、今の自分を素直に受け入れる。

それこそが本当の原点だ、と今の僕は実感しています。

第5章

前を向いて生きる

60

雪に胸が躍る日

東京の大雪は、まるで市街戦のようです。降り止んでカチンカチンに凍ると通勤者は大変です。転倒者が続出して救急車の出動が多くなりますので怪我には気をつけましょう。

高齢になっても雪が降ると胸が躍るんですよ。でも、関節リウマチを病む今は違います。雪よ、あなた、と家人に言われて、それでなくても痛い関節がなお疼くのです。それはともかく、何十年か前、講演で呼ばれて雪国のN市に降り立ちました。壮大で静かな雪の佇まいを装った街並みは、走る列車のなかでも僕を十二分に感動させてくれました。

ホームには主催者が数人出迎えていました。

「素晴らしい雪景色ですね。雪国の宝です」

息を弾ませて言った僕に、主催者の一人は顔を曇らせました。

「雪下ろしとか、いろいろなハンデを抱えているんですよ」

その言葉に、僕はテレビのニュースで見た一シーンをまざまざと思い出して、身の置き所がない思いに襲われました。

新潟の上越地域に大雪が降った日のこと、高齢と思われる夫婦が屋根に上がり、雪下ろしをしている光景が目に飛び込んできたんですね。まだ健在だった母が、

「あれは重労働だよ。それに危ないし」

と、同情の声を挙げました。

すでに、日本は高齢化社会に突入していました。

「雪下ろし中に転落する事故もあるそうですね」

この僕の言葉は主催者の人たちにとっては、とってつけたような印象があったでしょうね。

以来、雪国を訪れると、まず雪のなかでのご苦労をねぎらうようになりました。

ところで、雪国の人は、凍てついた雪の上でも転倒しません。雪国の空港などでは、靴につける滑り止めを売っています。それをつけると、僕でもスタスタ歩けました。

気がつくと、片足の靴の滑り止めが失われていました。途端にへっぴり腰になり、

数歩も歩かないうちに転倒してしまいました。

東京はもとより、雪国でない地域の皆さん、何年ぶりかの大雪の日は転倒にお気をつけください。

61 もっと明るくいこうよ

お役所にお願いです。寿命が延びて前期、後期で高齢者を分けるのには無理が出てきました。良い機会だから、もっと夢のある名称で分けませんか？　高齢者が喜びます。

「前期高齢者は65歳から74歳まで。75歳以上は後期高齢者」って分け方は、役所仕事でもいろいろと不都合が生じているんじゃないですか。

人生100年が謳い文句になり、身の回りを見ても90代の人は子供よりも多そうだし、まだ働いている人もあちこちにいます。

75歳から84歳までを後期高齢者にしたら、85歳以上を何と呼ぶか。

末期高齢者では、縁起でもないと該当の高齢者からお叱りを受けるでしょう。

それで、いずれ、75歳から84歳までを中期高齢者として、85歳以上を後期高齢者と呼ぶんでしょうか。

灰色の世界で夢がないですよねぇ。

大正昭和のお役所じゃないんですから、もっと明るくいきましょうよ。

65歳から74歳までをシルバー世代、75歳から84歳までをゴールド世代、85歳以上はダイヤモンド世代でいいじゃないですか。

別枠で100歳以上はプラチナ世代と呼んでもいいかな。


それでいくと僕は今、ゴールド世代。

ダイヤモンド世代で生涯の傑作を書けそうな気になってきました。

62 ぼーっとした奴を探してみよう

いつもぼーっとしてる奴と友達になって、いっとき頻繁に会っていました。そういう奴って、こっちも気が楽なんですよ。向こうも僕を、別の意味で、ぼーっとしている奴と思っていたかもしれませんが。

待ち合わせで会っても、特に実のある会話なんかしなかったですね。

「会社で何かあったの？」

「別に」

「そんならいい」

「それよりきみはどうなんだ？　浮かない顔しているね」

「そうかな、別に何ごともなかったけど」

飲みにいってもあまり変わらず、騒いで盛り上がるということはまったくありませんでした。でもね、何だか楽だったんです。

ただ、お互いにいるだけでよかったんでしょうね。

ある日、昼食を一緒に取ろうということで、彼の勤務先の会社を訪れました。

彼が所属している部署に案内されたんですが、はつらつとした声が響き渡っていました。

誰かと思ったら声の主は彼で、職場で何かの打ち合わせをやっていました。彼が司会をしていましたよ。

数分、見ていましたが、よどみない進行で議事を進め、締めに持っていった手際の良さにびっくりしたもんです。僕と一緒のときはまったく見せない彼の仕事面での顔を、たまたま見せつけられてしまったということです。僕は彼に見せている顔と職場で見せている顔はほとんど同じでしたから、唖然として彼のことがよく理解できなくなりました。

付き合いはそれから半年ほどで自然消滅しましたが、風の便りで彼が異例の出世を遂げたことを、それから10年も経って知りました。こっちは作家への挑戦を始めていて、フリーのライターになりたての頃でした。

オフのとき、ぼーっとした奴はいい意味で要注意な者が多いんですよ。きみの身の回りでぼーっとした奴を探してみてください。

そいつは、本当は凄く優秀な奴かもしれませんよ。

63

「知らんけど」

悩みはそのことで悩むのではなく、向きあうことで課題にすれば新たな学びになるのではないでしょうか。知らんけど。この大阪弁ほど含蓄深くアイロニーに富み、逃げ道にもなる言葉は世界のどこを探してもありません、知らんけど。

26歳の師走（12月）でしたか。東京の横山町のごく小さなアパレルに就職して、いきなり社長命令で大阪支店勤務を命じられました。

倒産が近い会社だと感じとっていたのですが、

「新幹線を使え。悪いが交通費は向こうで払って貰ってくれ。向こうのほうが日銭が入る」

という言葉には恐れ入りました。

恐れ入りすぎて文句ひとつ言わずに、気がついたら新幹線に乗っていたんですよ。てんやわんやのドラマが待っているとも知らずに。

ところでジャニーズＷＥＳＴの８枚目のアルバム「Ｍｉｘｅｄ Ｊｕｉｃｅ（ミックスジュース）」のことに触れさせてください。

このポップな表題曲もいいけれど、「しらんけど」はメッチャいいですね。ＹｏｕＴｕｂｅで視聴したら、車いすごと体が宙に浮き上がりました。知らんけど。

大阪弁の（知らんけど）は、いろんなアーティストが楽曲に取り入れているけれど、ジャニーズＷＥＳＴの「しらんけど」は、おちょくられたと思うところでも、後ろの首筋を薫風になでられたようで心地いいんです。

途中から溜まっていたストレスが溶けて流れて、聴き終えるとスッキリした心が快感にうねっている感じを受けるんです。

へこんでいるときにはよく効くと思いますよ。知らんけど。

大阪支店は、道頓堀を背にした小さなビルの一階にありました。地名でいうと二ツ《ふた》井戸《いど》というところでした。

支店社員は3、4人でしたが、僕より2日前に赴任した40歳前後のGという人は、どこか崩れた凄みに富んでいました。

「あんたはGと組んで売掛金の回収のために、ここへ回されたんやで。知らんけど」30歳前後の支店長は僕に耳打ちしたが、知らんなら言うな、と僕は思いました。自分の言葉の末尾につける（知らんけど）は、多くの場合、知らないのかよ、というニュアンスで使われていました。そのことに気づくまでしばらく時間がかかりました。

この知らんけどでも、あんた、こんな大事なことも知らんのか、といった驚きを込めた場合、可哀相になぁという同情を込めた場合、アホやなと小馬鹿にした場合などと、いろいろあってＴＰＯで変化形にして使い分けていたんでしょうね。

さて、売掛金先は小売り洋品店が多かったんです。

僕が一足先に訪れて支払いを催促する。店主が言を左右にして渋っているところへ、Gが遅刻したふりをして乗り込んでくるんですね。

店内を見回して、「ええ店でんな」と誉めて名刺を差し出すと、10店中9店は小切手を切ってくれました。そうして回収したカネは、東京へ送金していました。

ある夜、仕事が終わって支店長が僕を飲みに誘ってくれました。法善寺横町からほど近い小料理店で、飲食が一段落すると、支店長が、こう言いました。

「明日、本社が切った手形が数枚不渡りになるんや。こっちにもごっつい連中が乗り込んでくるで。知らんけど」

一息入れて支店長は続けました。

「あんた明日は東京へ帰んなあかんで。そうや、本社へは顔出さんでええわ」

僕を巻き込まないための粋な計らいでした。

♪ミナミではめ外して
キタでしっぽり大人の街
知らんけど（知らんのかい）

いまだ知らんけどの意味を半分も知らない僕は、今宵、ジャニーズWESTの声にしびれようと思います。しらんけど。

64

やりたいことをやっていこう

ハニーよ、誕生日祝いのモンブランケーキを食え。83歳を迎えても、精神は世俗の沼に浸ったままの車いすユーザーの切ない慶び。誕生日だからいろいろあるんですよ。

さて……83歳か、ハニー！

さっきおやつにモンブランを食いました。車いすユーザーになってから酒類は控えているんですよ。

5年目になりますが、この間、赤ワインをやっと2合ほど飲んだかな。二人の息子がそれぞれの嫁さんを連れてきたときだけ、小さなグラスで僕も相伴《しょうばん》しました。

僕には孫がいない。相伴しながら、心で亡き両親に詫びるのですよ。

「曾孫は無理みたいだよ」

1980年、父は僕が直木賞をもらって約2か月後に、81歳で亡くなりました。

あっ、昨年の誕生日、僕は父の寿命を超えたんです。1980年の日本人男性の平均寿命は、73・35歳ですから、当時としては長寿のほうだったんですね。

ついでに、1994年に94歳で亡くなった母のときの日本人女性の平均寿命は……1995年のものになりますが、82・85歳でした。10歳以上も長寿だったのか。

今は90歳以上の人は、向こう三軒両隣に何人もいますが、お袋の頃はお世辞でなく長寿と言われていました。

面白い話を思い出しました。

お袋が92歳の頃、僕が駅へ向かって歩いていたら近所の人がこう言いました。

「あっちで300歳がおしゃべりしているよ」

何だと思ったら、お袋とすぐ近所の女性、さらに別の町内の女性の3人が立ち話をしていたんですよ。すぐ近所の女性は97歳。別の町内の女性は91歳。3人とも買物帰りにバッタリ会ったらしく、杖も突かずに夢中でしゃべっていました。正確には合わせて280歳、徳川幕府の寿命とほぼ同じでした。

こんなことを書いていたら元気が出てきました。
お袋の94歳超えを目標にして、やりたいことをやっていこうと思います。
僕にはハンデがあるが、目標にするぐらいはいいですよね。
いいですか？
ありがとうございます。
よしっ、ノーベル賞を狙うぞ!!!

65 認知戦に負けない判断力を磨こう

個人を対象にした認知戦に強くなろう。ＳＮＳの誹謗《ひぼう》中傷より、はるかに傷が深くなるその認知戦を仕掛けるのは卑劣な連中ですが、その罠にはまらないよう日頃の対策をしっかり練っておきましょう。

国会中継を聞いていたら質問者の口から認知戦という言葉が飛び出しました。ウクライナで行われている戦争でロシアは、この認知戦を大がかりに仕掛けているというんですね。

戦争における戦場は陸、海、空、宇宙の４戦場のほかに、サイバー空間、認知空間の２戦場が加わっているそうです。

ロシアは新聞、テレビなどの従来からのメディアに加えて、ＳＮＳのあらゆる手法を通して自国に有利、ウクライナに不利の情報を撒き散らし、世界世論を味方につけようと心がけているのでしょうか。熱心に自国に有利な情報を撒き散らしているように感じられます。明らかなフェイクも多くまじっているかもしれません。

それはともかくとして、我々一人ひとりにとっても日常生活のなかで認知戦に巻き込まれている恐れがあるのではないでしょうか。

SNSが身近になればなるほど、我々は何者かが仕掛けた認知戦の罠にはまる可能性が高いと思っていいでしょう。YouTube一つとっても恐ろしいほどの本数がSNS内を徘徊しています。

いったい、SNS内を融通無碍《ゆうずうむげ》に飛び回っているコンテンツは、どれほどの数にのぼるのでしょうか。そのうちのどれほどの数のコンテンツが怪しいものかどうかはわからないのが現状でしょうね。

しかし、発信者に悪意はなく、また、特異な内容であっても、社会常識で見れば偏ったものが大手を振って罷《まか》り通っています。問題なのはそういう内容のものを、マジに信じ込んでしまう人がいることなのです。

社会的には健全な言動をしていた人が、ある日を境に突然社会常識でいえば唐突にして偏った言葉を使うようになる。それはSNSを通して得る情報を、あるときから偏ったものばかり選択するようになった結果です。そうして知らぬ間に洗脳されたことと等しい状態になってしまいます。

問題はその偏った情報発信する側が意図的に、社会常識からすれば犯罪に近い効果を狙ったものではないか。そのように考えると、いつ自分も知らず識らずのうちに洗脳されるのではないか、というおののくような心地に襲われる人も多いでしょう。

こんな事態になったら、自分が発信したブログへの誹謗中傷どころではないですよ。知らないうちに虚偽の認知を刷り込まれてしまうのは、恐怖の極致で戦慄するしかありません。

これはもう自分個人に対する認知戦を仕掛けられたものだ、と言っても言い過ぎではありません。

我々のこれからは誰もが見知らぬ何者かによって、またそういう組織によって認知戦を仕掛けられている可能性が高いと受け取っても、誤りではないと思います。

認知戦に負けて虜《とりこ》にならないよう、我々は意識して判断力を磨く必要があります。

SNSの闇のようなジャングルに迷いこまないよう、認知戦争を仕掛けられていることを常に意識しようではありませんか。

あとがき

僕はよく晴れた日に静かな公園のなかに立って星空を見上げるのが好きでした。車いすユーザーになってからは、たまに我が家の窓から星空を見上げています。明かりが多い住宅地なので降るような星空というわけにはいきませんが、しばらく眺めているとやはり心が落ち着きますね。

しばらく前のニュースで知りましたが、108億光年彼方の宇宙に、3億光年にもわたって延びる巨大な銀河連鎖が発見されたそうです。

108億光年もかかる遠い遠い宇宙の彼方のことなんか、想像すらできません。銀河連鎖というからには複数の銀河が連なっているということでしょうが、それが3億光年の長さで幅は5千万光年だそうです。

複数といっても、実際には数千もの銀河が存在すると推測されているようです。イメージしようと思っても途方もない大きさなのでイメージのしようがありません。やはり、通りがかりの静かな小公園に入って見上げる満天の星のほうがリアリティーがあって親しみが持てます。どんなに悲嘆に暮れていても満天で瞬《またた》く無数の星を見ていると、気持ちが癒されるんですね。

自分のために星がみんな瞬いて、心配するなよ、ちゃんと見ているからな、などと囁きかけてくれるように思えます。

人間の存在なんか本当にちっぽけで、その人間が心の中に表す喜怒哀楽は針の先のように凄くちっぽけじゃないか。そのように気持ちが働くと、本当に癒されて元気が出ました。

僕が容認できる宇宙はよく晴れた夜に瞬いてくれる満天の星たちです。

僕も宇宙の星の一つである地球に乗っかっている存在なんだ、と思うことで星たちとコミュニケーションが生まれます。

さて、その地球ですが、人口が80億に達しましたね。僕も、この書を読んでいただいた皆さんもそれぞれがその80億分の1ということになります。

なんだ80億分の1か、たいしたことない存在だな、と自嘲気味につぶやいてもおかしくはないですよ。でも、この地球上の生き物のなかで圧倒的に繁栄している人類80億人のなかの1人で、しかも、その自分は唯一人でかけがえがない存在だとしたら、それだけで大変尊いと言えるのではないでしょうか。

地球という星自体がかけがえのない存在でしょうね。

そのように考えてみると、私たち一人ひとりがかけがえのない存在で、かけがえのない星に生まれてきたことは大変素晴らしい事実ではないでしょうか。辛いことも苦しいことも、そのことを自覚すれば乗り越えられる。喜びも楽しみもそれぞれにかけがえのない個性の力で生み出すことができる。

さぁ、人間として本当に生きるのはこれからだぞ。

本書を読んでいただいた方がそのように、それぞれの未来を見つめていただくようになったら、著者としてこんなに嬉しいことはありません。

僕もそれに勇気を得て、80代からの未来にどんな世界が待っているかを改めて追い求めていきたいと思っています。まさしくこれからです。

これからなんです。

志茂田景樹

2023年6月

制作スタッフ

〔装丁〕　斉藤よしのぶ
〔DTP〕　株式会社三協美術
〔編集協力〕　株式会社啓文社

〔編集長〕　山口康夫
〔担当編集〕　河西　泰

生《い》きる力《ちから》 83歳《さい》車《くるま》いすからのメッセージ

2023年8月1日　初版第1刷発行

〔著　者〕　志茂田景樹《しもだかげき》

〔発行人〕　山口康夫

〔発　行〕　株式会社エムディエヌコーポレーション
〒101-0051　東京都千代田区神田神保町一丁目105番地
https://books.MdN.co.jp/

〔発　売〕　株式会社インプレス
〒101-0051　東京都千代田区神田神保町一丁目105番地

〔印刷・製本〕中央精版印刷株式会社

〔カスタマーセンター〕
造本には万全を期しておりますが、万一、落丁・乱丁などがございましたら、送料小社負担にてお取り替えいたします。お手数ですが、カスタマーセンターまでご返送ください。

■落丁・乱丁本などのご返送先
〒101-0051　東京都千代田区神田神保町一丁目105番地
株式会社エムディエヌコーポレーション カスタマーセンター
TEL：03-4334-2915

■書店・販売店のご注文受付
株式会社インプレス　受注センター
TEL：048-449-8040 ／ FAX：048-449-8041

内容に関するお問い合わせ先
株式会社エムディエヌコーポレーション　カスタマーセンターメール窓口
info@MdN.co.jp

本書の内容に関するご質問は、Eメールのみの受付となります。メールの件名は「生きる力 83歳車いすからのメッセージ　質問係」とお書きください。電話やFAX、郵便でのご質問にはお答えできません。ご質問の内容によりましては、しばらくお時間をいただく場合がございます。また、本書の範囲を超えるご質問に関しましてはお答えいたしかねますので、あらかじめご了承ください。

ISBN978-4-295-20533-3　C0095